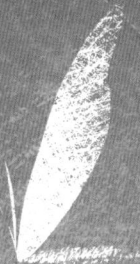

王璐琪/著

根很美

浙江少年儿童出版社·杭州

"我们一路奋战，

不是为了改变世界，

而是为了不让世界改变我们。"

——电影《熔炉》

序

呐喊，在沉默之海

天津作协文学院签约评论家　陈曦

　　现实主义是当下儿童文学创作的"显学"，聚焦现实、深入生活的作品层出不穷，繁花锦簇，各美其美。然而真正能穿透现实的肌理，深挖少年儿童内心波澜的作品，却仍然是金字塔顶端的少数。在这些少数中，那些注目于儿童艰难处境并为其发声呐喊的作品，更为难得。王璐琪的《十四岁很美》便是这样的作品，它所带来的刺痛、震怒、反思与期待，值得所有人深思。

　　作为王璐琪小说的追读者，十几年来，我不断在她的创作实践中感受到惊喜。可以说，她是一位很难让人失望的青年作家。她拒绝"舒适"，绝不满足于已经游刃有余的写作风格，从选题到产出，不断开阔的视野与扎实的走访调研，让她的文字丰实而有张力。

　　然而，王璐琪的写作是"变"中有"恒"的。她追求不同的主题与写作方式，却一直坚守在现实主义写作的第一线。她深耕现实题材，不断进行挑战与突破，密切关注当代儿童的生存现状，毫不回避那些艰深与痛苦的命题，勇于立体勘探儿童内心世界，文本每每产生震撼人心的效果。

与那些"捧腹大笑"的儿童文学作品不同，王璐琪的小说关注的一直都是那些"隐痛"，关乎孩子，亦关乎成人与社会。她着力于在一种更为严肃的阅读氛围中为儿童的成长提供一种更具有指引意义的养分。她懂得儿童那比成人更加敏感脆弱也更加波澜壮阔的内心世界，她体察深入，抚慰那精神的隐痛，给沉默以懂得，给脆弱以铠甲。

在《十四岁很美》中，我看到的是一个在痛苦中呐喊的女孩，她撕裂伤口面对所有人，以此进行艰难的指认，却又手捧着一颗良善的本心，护持着最宝贵的诚实以鞭挞来自成人世界的挤压。我还看到了一群成人，他们在复杂的世界中被世智尘劳所累，他们的苦与痛，他们的那些无言与歇斯底里，构成了更为驳杂的现实。他们像是迷途的羔羊，同样需要引导与救赎。这部小说写出了海一般的沉默，亦写出了声嘶力竭的呐喊与其隐没在波涛下的众声喧哗。

《十四岁很美》最重要的意义在于作者塑造了一个真实而特别的少女形象。当面对巨大的痛苦深渊，一个十四岁的孩子是那样的孤立无援。在父亲的出走、母亲的暴怒、好友的回避、同学的嘲笑中，她有过沉默的哭泣，有过难以抑制的暴躁，然而她从始至终都坚持着一条自己的路——指认与诚实。可以说，是她的这份选择与坚持，给了所有人力量。她先是勇敢地面对了自我，又坚毅地面对那个对她来说充满压抑与伤害的过于残酷的世界。她没有躲在"安全岛"里舐舐伤口一蹶不振，也没有用谎言去给施暴者以惩罚。她护守着良心去直面苦痛的回忆，在法庭与现实中与邪恶立马拼杀，并最终赢得了正义。

当我们真正融入故事的肌理时，会发觉就是这样一个孱弱的少女，以她的抗衡与自救、坚韧与善良，引导着那些本比她强大和睿智的成人来进行正确的选择。同样经历过性侵的荣老师、暴躁无助的妈妈、怯懦自责的爸爸、艰难徘徊的黄律师，都在主人公的"引导"下寻得了内心的声音，他们最终在这个坚毅的孩子身上获得了力量与救赎。

王璐琪是一位擅于在故事中旁逸斜出的作家，她的小说总能在意义的层面上不断延展。换言之，她并无闲笔，下笔即有指涉。在《十四岁很美》中，有无数无声的苦楚被连带而出，作者不断探究的是这一悲剧事件背后真实的社会根由。

对温情与关注的渴望，让主人公无法拒绝长期以来信任乃至崇拜的人为其庆祝生日的邀请。家庭生活与学校日常的双重冷漠为犯罪提供了"先决条件"。而直至犯罪发生，那些同样应负有责任的最亲近的人们仍不自知。即使在主人公的引领下，他们同样获得开解与救赎之后，我们依旧没有听到一声抱歉，无论是罪犯，还是那些"最亲近的人"，都没有表达出一份应有的忏悔。而罪犯妻子在判决下达时的怒骂更是将埋藏在"人之常情"下的丑恶表露得淋漓尽致。这正是作者的叙事抱负，她的每一笔都有力度，每一个细节都表达着她对于现实的理解，她笔下的故事，令人震撼的同时，无不引人深思，对儿童如是，对成人亦如是。

　　《十四岁很美》是一部多元对撞的小说，善与恶、美与丑、鞭挞与悲悯，让文本闪烁着理性与人性交织的光芒。小说中，作者对每一个人物都不做浅层的道德判断，她宕开的是人物背后的精神成因。唇腭裂的女儿、困顿交加的生活、对美满的渴望或许是催动张肃军伸出黑暗之手的根源，而他那一句句"我以为她是默许的""我以为这是她的暗示"又那样直白地显露出他在扭曲的成长经历中所"习得"的恶。他的可恨与可悲交织在一处，指向了一个可怕的方向——如果不加以重视，那么又将有多少邪恶被这样"理所当然"地塑造？生活的困顿无处不在，但良善与守持、坚韧与奋进才是一个人面对生活应有的态度。

　　这部小说给人以强烈的刺痛感，这种刺痛无论对于少年儿童还是成人，都是那样必要，因为它尖锐地提示着我们，不要视而不见，更不要默不作声，无数的孩子，无数的远方，都与我有关，与我们有关。一个人也可以赢得一场战争，一群人则可以改变整个世界，善与悲悯是我们的存身之道，勇敢与真诚是我们坚不可摧的盾甲。

　　什么是当下儿童文学真正需要的现实主义，王璐琪以一部骨血兼具、内外丰盈的小说阐述着她的认知：不要回避，不要忽略，去凝视那片沉默之海吧，里面有振聋发聩的呐喊之声，它来源于所有人，更来源于你的内心。

目录

第一章　动物世界

『为什么是我不是别人？』

有裂痕的电视屏幕上，正播放野生动物纪录片，一只岩羊幼崽被一只豺捕获，羊是孤羊，豺也是孤豺。

豺是种吃相下流的野兽，喜用尖锥形的爪掏猎物的肠子，但这一血腥的画面我没看全，因为屏幕上的裂缝阻挡了我的视线。

裂缝是我妈砸的。

那晚，我爸彻夜未归。睡觉前，我回卧室，见我妈面对着电视机坐着；早晨起床，她还坐着，手里拿着手机，屋里安静，能听清电话那端略带机械的声音："您好，您所拨打的号码已关机。"

她坐了一夜，电话打了一夜，没有回应。在我看来，面对面的争吵没什么可怕，可怕的是对方不承接你的情绪。

于是，我妈随手抄起地上的什么东西，奋力砸向电视机，稳狠准，从此屏幕多了一条缝："有种别回来，回来更瞧不起你！"

我妈泪眼婆娑地看到了我，用手指着我歇斯底里："你不许走！"

我没想走，我是个未成年人，没钱，没地方去。

离校的前一天，班主任牛老师组织全班同学给我送行。男生排一列，女生排一列，每个人手里都拿着用卡纸折的千纸鹤，我走在队伍的前排，像是即将登基的女皇。到了校门口保安不放行，他们鱼贯上前，把手里的纸鹤塞给我。

同学中有的跟我有交情，有的没有。此刻他们脸上是统一的静默，如同每周一开全校动员大会时那般静默。最后是牛老师，他跟我握了握手。师生一年多，快六十岁的人了，今天他哭了，眼泪掉在我手背上。

"你想回来可以再回来，老师不是那个意思。那天回家想想，后悔跟你提要求……我……"他为难地说，"我……"他想说的话终究没说出口。

我自然是想回来就可以回来，甚至可以不走。但我要走，我受不了他们看我时怜悯的目光，以及对我的特殊照顾。

每每这幕发生，我就觉得自己变成了被吃的岩羊，族群里的同类站在远处，一边反刍，一边观看我是如何被吃掉的。可能也想过反抗，然而他们无能为力，因为这是大自然的残酷法则。

草食动物生来对肉食动物无可奈何。

纪录片结束后，我妈打来了电话，催促我去医院。她不催我也正要去，公交卡已准备好了。对于去医院拿药，我比她热衷。

B城的公交车大多是两层的，外地游客体验时会怀疑B城的人是不是身高普遍矮小，其实B城本地人也觉得公交车矮，完全不能理解设计者的初衷，可能是设计者矮吧。B城没有春秋两季，换句话说，是没有过渡的季节，这座滨海城市烈日灼烧的夏季长达四个月，一旦过了九月，一阵来自海洋的湿冷气流袭来，一夜入冬。还未从夏天的悠长时光中缓过神来，便一脚跌进冬季，许多人来不及翻出压箱底的冬装，比如这辆公交车上的乘客，无一不是瑟缩着，尽量远离开开关关的车门。我弓着身子，大咧咧地在车门边站着，觉得公交车虽然低矮，但是报站却很人性化——我要去的B城第一人民医院临床精神医学研究所被简称为"B城第一研究所"，不过本地人都知道这家医院是治什么病的。我下车的时候，众人皆目送，大约他们觉得从我一上车便初见端倪，哪个正常人甘愿站在冷风飕飕的车门口呢？

我已经提前预约好医生，手里捏着一新一旧两个病历本，坐在大厅里等候叫号。叫号的屏幕只显示号码和姓氏，名字用"*"号代替，但可笑的是机器叫号的时候，喊的却是全名，不过大家同病相怜，我们这种病不大在意别人身上发生的事情，因为我们连自己的死活都不在意。

视力不好的人眼神多少都有些散，因此聊天的时候目光交流有障碍，面前的这位医生没戴眼镜，我可以清楚看到他眼神里的善意。

"姓名？"

"病历本上有。"

"写得太潦草，我看不懂。"他笑，虽相貌普通，但笑起来看上去还挺有亲和力，牙白且笑不露牙龈，我对牙齿整齐的人有天然好感。

"我以为你们医生都能看懂彼此的'鬼画符'。"

"也不是所有医生，我就不会写'鬼画符'。"他拿起桌子上的文件给我看，果然上面字迹工整，笔画锋利。

"姜佳。"

"哦？蒹葭？"他扬起了浓眉。

"姜佳，姜。"我强调。

"你们本地人发后鼻音不太清楚，我以为是'蒹葭苍苍，白露为霜'的'蒹葭'。"他不好意思地说。

"年龄？噢，十四岁。"他自问自答，合上了我的病历本。

"今天来是干什么呢？"他问。

"药吃完了，拿药。"我只想拿了药赶紧离开，每个医生都能满足我的需求，他们巴不得每个病人都像我一样速战速决。

"先不拿药，咱们可以聊一聊，毕竟挂号费包含了一百元的问诊咨询费用，咱们得把程序走完。"他依旧耐心地说。

我瞄了一眼他的胸牌，庄羽。

"那就聊一百块钱的。"我说。

他笑了，看了看腕表："好，那就聊一百块钱的。我一般对外收费是半小时一百，我们聊三十分钟。"

我喜欢他的笑容，并不是每个人都能笑得好看。有的人笑起来像是要咬人，有的人笑起来像是在哭，有的人嘴在笑，眼睛里却没有笑意，而他笑得舒展极了，眼嘴统一，像是一张摊平了的毯子。

"最近睡眠怎么样？"他问。

"夜里醒好几次，能睡三四个小时吧。"

"做梦吗？"

"有时候做，有时候没有。"

"什么梦呢，能讲讲吗？"

我看向了地板。我每晚都做同一个噩梦，已经做了快六个月。

"梦见我被吃了。"

"吃了？"

我点点头："梦见我和爸爸妈妈走散了，在非洲的大草原上，一只豺跟上了我，我跑也跑不过它，最后只能任由它追上来，把我扑倒，开始撕我身上的肉。我被吃的时候还是活的。"

　　他同情地看着我，说："你之前见过这只豺吗？它是突然出现的吗？"

　　"不是，它从我小时候就在我生活的草原附近了，但最开始，我对它没有提防，不知道它是会吃我的肉的。实际上，我以为它跟我们一样，是吃草的。"

　　"这不是你的错。"

　　"每个人都这么说，可我不信。我肯定哪儿有问题，要不然它怎么不吃别人？"

　　"吃谁是豺选择的，不是被吃的羊决定的。"他无比坚定地说，"姜佳……"

　　我没听完他说的话，站起来说："病人让你开药，你开就是了，心灵鸡汤我喝太多了，都喝恶心了。你说不是我的错，那为什么是我不是别人，你说为什么？"

　　庄羽不再与我交谈，他迅速填表格开单子："吃药能让你好点儿吗？"

　　"是的。"我不假思索地说。

　　"那如你所愿。拿着单子二楼走到头右转，收费处缴费，一楼拿药。也可以自助缴费，一楼拿药。"他熟练地说。

　　我抄起单子就想走，但是手有些抖，几张单子掉落在桌面上，上面有两行字，黑色打印体显示的三种药名：草酸艾司西酞普兰、盐酸氟西汀和舍曲林。

　　我捡了两三次，手指头完全不听使唤，这也是吃药的副作用之一 —— 运动神经受损。我才十四岁，可身体的零件却像年久失修的生锈铁机器，每动一下便咯咯作响。尽管每晚我都去操场慢跑十公里，但作用不大。有时候感激药物能麻醉我强大的记忆力，过往种种像是烟一样飘得越来越远、越来越淡，我看着它们就像是在欣赏一幅幅画；可有时候痛恨，比如现在，显得我非常无能，连纸都捡不起来。

　　庄羽帮我捡起来，我撞上他的目光，还好没有怜悯的成分，他看我与看树看花没两样。

　　"如果你需要找人聊聊，可以直接来找我。"

　　我拿着单子迅速走了，环视一下我的病友，他们如同一只只嗷嗷待哺的雏鸟，伸着脖子等叫号。医生妈妈叼着药丸喂他们，吃下去，现实世界便切换成梦幻岛，一切美丽得犹如镜中之花，水中之月。

　　走出医院后我倚着公交车站牌，拆开纸盒包装直接吞了两颗药。可能是心理作用，也可能是幻觉，来往穿梭的车辆行人中，一只瞪着迷茫眼睛的小岩羊蹒跚行走，它不属于这里，这里是钢铁丛林。

　　我是个记忆力很好的人，过去的事情常人往往记个大概，而我能把事情发生的场景、人物的对话在大脑中还原，而对于小文这种比鱼的记忆力还差的人来说，我简直是个神迹。小文是我小学同学，我和他初中虽然不在一个班级，但还在一个学校。

　　每当在电视上看到《超级大脑》之类的智力竞技节目，小文都要感叹一番："你如果上去答题，就没他们什么事儿了。"

　　"那有什么难的，你等着我把他们都比下去。"

　　"如果真能得冠军，你就是B城的大明星了，听说中考还可以加十分。"小文慢吞吞地说。我看出来了，他在嫉妒我，因为我有可能成为万里挑一的幸运儿，有中考加分的特权，而赋予我这一特权的，是我天生的好记性，他却没有。没想到事事都要强我一头的小文也有嫉妒我的一天。

　　我可太想让他嫉妒了，解气。

　　《超级大脑》的主持人很帅气，相貌和我爸的直属领导张肃军有几分相似。他还有一个名字，叫嫌疑人张肃军。

　　当张肃军还是直属领导张肃军的时候，跟我爸关系密切。他虽然是领导，却比我爸年轻八岁。我爸一直对年轻人后来居上耿耿于怀，可逐渐被他的业务能力所折服，经常邀请他来家里喝酒。男人们喝酒的时间与女人们逛街的时间一样不可捉

有裂痕的电视屏幕上，

正播放野生动物纪录片，

一只岩羊幼崽被一只豺捕获，

羊是孤羊，

豺也是孤豺。

豺是种吃相下流的野兽，

喜用尖锥形的爪掏猎物的肠子，

但这一血腥的画面我没看全，

因为屏幕上的裂缝阻挡了我的视线。

摸，他们通常能从傍晚五点喝到凌晨第一班地铁轰隆开过，仍旧意犹未尽。

我妈做饭，我爸去楼下便利店买酒。

张肃军坐在客厅里看我写作业，用手指指"比萨斜塔"这几个字："你知道吗，比萨斜塔有时候往东倾斜，有时候往南倾斜，它自己会不断调整倾斜角度，所以才几百年不倒。"

"我们老师没讲过。"

"很多知识老师都不讲，其实都比课本上有意思，就像……"

"就和《超级大脑》那样的节目一样！"

我妈端着饭从厨房出来，她对张肃军十分上心，时刻关注着他的喜怒哀乐。她认为与领导搞好关系，事业就成功了一半。

于是她说："多跟张叔叔学学。"我并不知道要跟张肃军学什么。她又对张肃军说："佳佳记忆力很好的，小时候发生的事情她都记得，一开始我以为她撒谎，后来发现很多细节都对得上。"

"那真的可以报名参加《超级大脑》，我有个老同学是他们节目组的编导，看能不能说上话，把题库要过来，提前背一背。"张肃军说道。

"居然有题库？"我和我妈异口同声地问道，诧异极了，以为参加这类节目的人都是脑子里装着宇宙的怪物。

张肃军哈哈一笑:"这类节目都有题库,你想上电视吗?据说得了冠军的学生中考可以加分。"

"想。"我和我妈又异口同声。她想让我加分,我则想让小文好好羡慕一回。

后来,张肃军真的搞来厚厚一摞题库,说是央求好久编导才给的。

我得了题库第一时间找小文,小文比我还要开心,但他没表现出来,只说:"那我监督你背题。"

小文就像牧羊犬一样自律又负责,每天写完作业,八点十分的时候,他都会雷打不动从家骑自行车过来,站在我家楼下喊我开门,八点十分,一秒都不差。炎热的夏天,刚洗完澡,他的头发还未完全干,几根一撮竖在脑袋上,穿着蓝白相间的海魂衫,一只脚踏着地面,另一只脚踩着踏板。

"大脑佳,咱们开始吧。"大脑佳是他给我取的外号,说是用来赞美和歌颂我强大的记忆力。

上台的时候,这个外号最好能作为我的艺名。明星都有艺名,我上了节目就成明星了,他作为最好的朋友加教练,理应享有命名权。但我觉得这个名字听起来像是可以涮火锅吃的食材。

　　"让你瞧瞧什么叫天才。"我自负地说，"这几天都可以不按题型来了，你打乱顺序。"

　　"那么自信？"

　　"尽管来，怕你算我输。"

　　"太阳金字塔坐落……"

　　"墨西哥。"

　　"下半旗是把旗子下降到哪里？"

　　"距离杆顶的三分之一处。这些都太简单了，来点儿刺激的。"

　　"汉字中只有一笔的字有几个？"

　　"……"

　　"哈哈，时间到，你输了，一共有三个。"

　　"这也太难了，是哪三个字？"我探头看答案。

　　小文把答案一折："只说有三个，没说具体是哪三个，想知道你上网搜搜不就得了。"

　　我们每天一问一答九十分钟，结束后小文仍旧骑自行车回家，临走时我妈会给他带点儿水果。小文骑着自行车顺着胡同慢慢走远了，路灯把他镀成了铜黄色。我习惯性地站在阳台上，目送到看不见他为止。这个背影我看了有七八年了，毕竟我们从小就认识。

按理说，时间是最强大的，世间万物皆能被时间侵蚀和改变。在我十四岁生日之前，我也是这么觉得的。可过了十四岁生日那天，当张肃军变成嫌疑人张肃军之后，我觉得时间的摧残力度再强，也强不过意外。

意外是于敏构型的氢弹，所经之处万物皆消失。

我谨遵医嘱，按时吃药，按时吃饭，按时运动。在我大汗淋漓地奔跑在无人的操场上时，脑子通常是放空的，毕竟血液储量有限，肯定先紧着腿和肺用。我妈远远地坐在双杠上，自从我出事后，她跟我跟得很紧，一有时间就看着我。同时，她拒绝与我交谈，跑完步她蹬上自行车先走，我跟在后面。

一审开庭之前，我妈带着我在一间小律师事务所见到了黄俊朗律师，这是我们所能找到的最好的事务所以及最好的律师了。他之前帮过我妈办公室的李姐在离婚纠纷中要回了大部分财产，李姐提前跟他打了招呼，说这次的案子能帮他从小律师事务所脱颖而出，平步青云。

逼仄的办公桌后，黄律师正在吃盒饭，边吃边剔牙，一条腿乱抖。

听完我妈的叙述后，他哎地一声："你这个案子，是由检察院提起公诉的，不用请律师。"他吃了一口米饭，补充道，

"你这个啊，嫌疑人最多判五年。"

五年。五年太短了。

"那……"我妈往前探了探身子，顾忌着两边格子间里的工作人员，但是没用，空间狭小，连放个屁大家都能清晰地辨出始末。

"那，有没有办法让他坐牢时间再长一些？"我妈干脆地问了出来，然后从布袋子里掏出三四万块钱，往桌子上一摞，"我有钱。"

风破窗而入，我以为凛冽的气流会把钱卷起来，像电视剧里演的一样，拍得黄律师脸上都是百元大钞。然而我高估了风的能力，低估了钱的分量，它们纹丝不动。

第二章

海上电影院

『以后别再找我了，我也不会找你的。』

　　我的家乡B城靠海，坐公交车一路到底站，下了车就是红珊瑚白海滩。海滩的沙子是白色的，浅海下有红色珊瑚。我没潜过水，从未见过活的珊瑚。小文跟他爸爸经常潜水，据他讲，活珊瑚并没有图片上鲜艳，反而灰蒙蒙的。

　　我记得小时候，水在阴天也是淡蓝的，清澈见底，肉眼可见石间穿梭的彩色小鱼。这些年家乡经济高速发展，环境污染，游客量大不如前。景区想了新的噱头，他们在西侧的小岛上建了商圈，并填了一部分海造了电影院，电影院地板是玻璃的，可以看到一部分岩石和湛蓝的海水。

　　我和小文都喜欢的一名导演的新片要上线了，我料到他会来找我。果然，放学的时间到了，老远就看到他站在我家小区的大门边冲我微笑招手。

　　"怎么回事，打你电话也不接。"他小跑着过来，步子迈得很大。

　　大约从小学六年级起，小文抽条儿了，矮胖的身材变成了竹竿，比我高了半个头，穿我们学校的银灰色校服怪好看的，衬得脸色更白。

　　他应该知道我的事了吧？我在心中琢磨。市电视台都报道了，实验一中传得沸沸扬扬，我们共同的小学校友也在一中，他理应知道，却从没问起过。

我不是倾诉型的人，小文也不是，两个都擅长隐藏自己的
人凑在一起，本不该成朋友，可我们是朋友，好了很多年的那
种。我可以只凭后脑勺就在人群中认出他来，他可以准确无误
地避开我所有谈话中的雷区，但唯独这件事，我们从未讨论过。

我看着小文的眼睛，觉得他好像知道，因为他表现得有些
过于若无其事了。

"我们去海上电影院看。"票已经提前订好了，他把二维码
展示给我。因为我近视，所以他订的票很靠前——太靠前了，
在第四排，孤零零的第四排，前后都没有观众。

"怎么没跟新朋友去看？"我别有用心地问。

"我哪有什么朋友，还不就是你，还有壮飞。"壮飞是我
们共同的朋友，只不过他读了技校，说出来以后可以当造价工
程师。我们都笑他是当包工头的料。他憋红了脸，喃喃自语：
"少瞧不起包工头，现在都叫造价工程师。"

我们并肩走在去公交站的路上，他喋喋不休地讲着关于新
电影的讯息，我盯着地面上被夕阳拉得变形的细长影子，影子
是淡褐色的。从前，我无数次观察过我们的影子，可此刻这两
个影子之间产生了割裂感。

很奇怪，他所讲的东西我突然不再感兴趣，它们像乱码一
样从左耳朵进来，大脑无法加工理解，便立刻从右耳朵飘了出

去。密集的话令我不安，手脚开始出汗，不知是因为晕车，还是心理作用，我想吐。

有几次，我想告诉他，前段时间我发生了什么事，可话到嘴边又吞了回去。

我望着晚风中小文白净的脸庞，以及善良的、眼角微微下垂的双眼，觉得让他帮我分担一点点都是残忍的。

因为不是周末，去景区的人不多，在倒数几站的时候，车已经下空了。空荡荡的公交车在路上飞驰，窗户大开，四面八方涌进来带咸味的海风。

电影院我期待已久，导演是我所爱，陪伴我的是久未谋面的好友，我理应开心。

海上电影院除了地板下是海水外，与城市里的影院并无差别，进门后扑鼻而来的是焦糖爆米花的香味，以及一排又一排雨后春笋般冒出来的抓娃娃机。

在进场前，我终于无法忍受，打断了今天话格外多的小文："小文，我们以后不再见面了吧。"

"我们进场吧。"他说，"电影快开始了。"

我无比感谢没有灯光的电影院。

我不知道银幕上演的是什么，人影晃来晃去，音响嗡嗡作响，身后的观众或笑或哭，这一切都与我无关。身处黑暗令我感到安全，这是我的保护色，我可以放心地流泪，而不用担心被周围人看见。

至于小文，他一早就发现了，他没制止我，任由我宣泄情绪，在配乐响起的时候，我甚至可以痛快地抽噎两声，多么难得的场所，多么适合哭泣的场所。别人看我，以为我是被电影内容感动的。我只想感激电影院，一个宣泄任何情绪都很合理的地方。

这些天以来，我在家捂着被子哭，在学校要提防多嘴多舌的同学，在街上要忍受诧异的目光，在无人的地方总算可以哭了，可哭着哭着难免冒出个无辜的路人来，被我吓得魂飞魄散。

影院散场，人群逐渐散去，最后一班公交车错过了，我们面对面站在影院的霓虹灯下，我仍旧说："以后别再找我了，我也不会找你的。"

小文没问为什么，所以我确定他什么都知道了。

我并不期待他说出什么话来安慰我，实际上，谁也安慰不了我。人的感情并不相通，我对此深有体会，亲人间尚且无法相互理解，更何况并无血缘关系的朋友。而且，我怕他说安慰的话，因为只要他说了，我们之间的位置便不再平等，他的同情能把我最后一点自尊浇灭。

"以后……我是说以后你觉得合适的话，有需要的话，就来找我……我……"

他欲言又止，找不到合适的词语。他也只有十四岁而已，能这样有节制，已经很不错了。

我发狠地说："不会再找你了。"其实我想说的是，你什么都知道了，我接受不了。

"我送你回去吧。"他无奈地说。

"不需要。"我依旧狠狠地说。

他知道我的脾气，就没坚持。我走了一段，发现他还跟着我，因为我能看到他细长的影子，很坦然地跟在我的身后。近十里路，我们一路无言，一前一后往我家走。深秋的夜晚里，行走着各怀心事的我们。

每隔五六米一盏路灯，随着光源中心的变化，我时而能看到他的影子，时而不能。不能看到的时候，我就回回头，他老实地站住，与我保持着安全距离。我疾步走，他快速跟；我缓慢走，他减速跟；我回回头，他挥挥手。

前方就是我的家了，我站住脚步，最后一次回头，碰巧赶上他冲我挥手。小文真好，像只忠心耿耿的大狗。小文以后会生活得很幸福吧，毕竟他成绩优秀，虽然作文不佳，可理科成绩优异，游泳好，又会打球，在学校一定很受欢迎，会很快交到新朋友。这种性格的男孩子年纪越大越容易被人喜欢，小时候则常被人说文气。

突然小文跑了回来，问我还参不参加《超级大脑》了。他一副快要哭出来的样子："再参加一次吧，失败是成功之母，这样我还能帮你复习呢。"

我那时已经开始吃药了，就跟他说："不参加了，我失去超强的记忆力了，好多事情都不记得了。"

他挑了挑眉毛，问道："是出了车祸，脑子里的海马体受损了吗？"

我笑了起来，他还记得啊，题库里有一题就是问大脑掌管人记忆的区域叫什么，因为这个组织的结构形状与海马相似而得名。

"不是的，超强记忆力是我的超能力，现在，给我超能力的造物者把它收回去了。"

"怎么收的呢？"

我努力回忆了一下，想起一只在黑暗中揪住我马尾辫的大手。那是来自嫌疑犯张肃军的手，他的力气如此之大，直接把我掼到了地上，后脑勺着地，我头一次体验到什么叫脑海里奔跑过一千头羊驼。

我说："造物者手一挥，一道光闪过，超能力就被收走了。"

"为什么收走呢？"

我说："可能我运气好吧，有时候，拥有超能力也是一种负担。"

"那你还记得小学四年级的时候，我过生日你送的一个笔记本吗？"

"不记得了。"

"我每天都用那个笔记本写读后感的，也不光是读后感，还有看电影和看展览的观后感，有些你也一起看过的，你要不要？你要的吧，我明天拿给你看，你也可以在上面写点儿什么。"小文说。

我说："我看了也想不起来的，没必要看了。"

小文声音颤抖地问："怎么就都不记得了呢？你也是当事人啊！"

我小声说："算了，小文，没必要了。"

"我明天拿给你看。"小文说。

"我说了，咱们不要再见了，你没听到吗？"

可能是我凶巴巴的样子吓到他了，他的确有可能没捕捉到我所说的话的重点，因为他从小就这样，什么话都要用最简单明了的方式跟他一一重复，拐着弯儿的话、不直接的话，他记不住且听不懂，典型的理科生。

"对不起。"他终于流泪了。

"你道什么歉呢？"我觉得，这场对话到此刻必须要结束了，我太害怕他底下要说的了。

"对不起，你过生日那天，我应该去找你的。"小文的两只眼睛不断往外涌出泪水，眼白红得吓人，像是被刀割了一般。

我盯着他的嘴唇，生怕他再冒出"超级大脑"之类的字眼，这四个字是我一生的耻辱。本以为能上电视，小小出个名，却没想到真的出了名，可上的是社会新闻版块。

"你没来也很正常啊，你也有自己的事情，生日也不是什么重要的节日，我以前也很少过生日。"我快速打断他的话，"现在觉得生日是应该好好过一过的，毕竟……"我把后半句话吞了下去，毕竟从今往后，生日真的没法儿好好过了。

"姜佳，"他很少直呼其名，"姜佳，如果你失去了记忆力，那就失去吧。如果这样能让你好过一些，只要你能好过一些，忘了什么都行，我没关系的。不过笔记本我还是想给你看，既然不想见我，那我明天把本子放在你家门口的脚垫下面，你记得拿出来，别让阿姨当垃圾扔了。"

这世界上有一类对话，文不对题，对话的人像是避雷般，小心翼翼绕过雷区，说的话无关痛痒，讲的事无关紧要，可在看似平静的话语下方，暗藏着波涛汹涌。

海上电影院除了地板下是海水外，

与城市里的影院并无差别，

进门后扑鼻而来的是焦糖爆米花的香味，

以及一排又一排

雨后春笋般冒出来的抓娃娃机。

　　我看了看时间，真的得回家了，因为吃药时间到了，过了这个点儿再吃，无法正常代谢掉药物，第二天一天我都会昏昏沉沉，真的像块木头。

　　"我走了。"说完，我进了家门。

　　关门、倒水、吃药。我又开始感谢药，它使我浑身发木，缓解着一切生理上和心理上的尖锐感触，每一个皱巴巴的细胞都在舒展，皱褶里的痛苦在伴随意识缓慢消失。我知道这都是假的，因为早晨起床，我还是那个记忆力超强的姜佳，记得每一帧从面前闪过的影像。小文所说的一切我当然记得，并且比他记得更清晰、更详细。小文不仅仅是小文，他是我少年回忆中最快乐的部分。我是个可耻的背叛者，为了忘却嫌疑人张肃军给我带来的痛苦，把他一起丢掉了。

　　小文很好，至于我呢，我还是离他远一点儿吧。

　　毕竟，我跌入了无尽的悬崖，这座悬崖就在我平常放学的路上，一个不留神就踩了空。悬崖的边上全是花朵，它们尽管怒放，尽管散发着诱人香味却通通不属于我——不，或许曾经属于我，我却从未在意过。最残忍的是，我掉入悬崖之前，手在花丛中滑过，于是在恐惧和黑暗中，我居然还能嗅见手心中的淡淡花香。

　　"小文，"我在笔记本的扉页上写道，"这世界上，对的不一定就是正确的。现在远离你，是我能做出的比较正确的选择。"

　　冷啊。我搓一搓冻僵的手，暖气什么时候能来呢？我掀起被子，把自己裹得严严实实，但不幸的是，里外的温度一样。我还来不及品味这冷，药物便使我陷入了无止境的深度睡眠。

第三章

一个人战斗很难

『为什么帮我？』

初一下学期，学校开始统一上卫生课。

卫生课就是性教育课，讲人的起源、生理构造和青春期性心理等知识。卫生课上得不顺利，第一节课就闹了笑话，有几个女生用贴纸把书上的人体构造解剖图遮了起来。卫生课被安排在每周五放学后，由之前的生物老师荣华授课。

荣华老师是南方人，生起气来也似蚊虫一样没有任何杀伤力。她把贴插图的几个同学喊起来，问她们为什么要这么做，她们皆沉默不语，实在逼急了，其中一个女生声音小小地说："因为我觉得丑陋。"

"怎么会丑陋？这是人类的正常生理构造啊！"荣老师好气又好笑。她勒令大家不许在插图上贴贴纸，但插图却被涂了一摊墨。

因为没有考试，谁也不记笔记，大家约好了似的，卫生课本下压着其他老师布置的作业。上课的时候安安静静，教室里一片蚕食树叶般的沙沙写字声。

我在默写英语单词的时候，荣老师独唱似的讲述胎儿的降生过程，她说："每个人在出生之前，都要独自经过一段隧道。隧道推挤着胎儿的身体，胎儿也要努力向外走，不努力的话，就无法来到这个世界上。"

"人生也似走隧道，一段明，一段暗。但总归是明处多，毕竟隧道尽头都是有光的。"

我抬着头望着她，作为唯一一名抬头的学生，她的目光自然而然与我交汇。她是惊讶的，因为"独唱"了大半个学期，我大概是第一个给她回应的学生。

放了学，我收拾好书包，跟在离开教室的人群中。走到讲台附近时，荣老师喊住了我："姜佳，你等我一下。"

我出列，静静立在角落里。每一个从我身边走过的学生都要瞄我一眼，几个调皮的男生挤眉弄眼："姜佳是卫生课代表，需要老师单独辅导。"

哄笑炸开，我的腿肚子开始哆嗦，内心是畏惧的，但外在是强硬的，我指着那几个男学生："有种别走。"

"叫你呢！""叫你吧，我可没种。"他们几个互相推搡着出了教室门，留下一片嬉笑声。

"姜佳，你别往心里去。"荣老师安慰我，"男生比女生成熟得晚。"

她看着我，隔着一副远视眼镜。镜片有放大功能，所以她的眼睛看上去比常人大上三四倍，像只热带来的猴子。刚进学校的时候，学生们没少给她取外号。我那时是同情她的，但现在一点儿也不。她把我从人群中拎了出来，我是需要"单独辅导"的学生。

她在收拾教案，很仔细，大本垫底下，小本摞上面，钢笔挂在衬衫胸前的兜里——现在居然还有人用钢笔。

"我假期修了青少年心理学，心理咨询师证书很快就下来了，本来课业多，想着今年暑假能修下来就不错了，但是你……于是我就加快了课程，趁清明假期有空去考了试，没想到通过了。"她兴高采烈地跟我絮絮叨叨，好像我是她的某个熟人，"姜佳，如果你想跟我聊聊，我是有专业资格证的，可以辅导你。"她想了想，俏皮地说，"不收费的。"

远视镜片将她眼中的期待和热忱放大了几倍。

"谢谢，不用。"我拒绝了。

她停顿了一下，大约是没想到我这么干脆，以为我不好意思，尴尬地干笑一声，快速从兜里取出钢笔，在纸上写了一行字："这是我的微信号，如果你愿意，我……"

"不愿意。"

我转身走了，她还不死心，在后面追。我加快了速度，她穿着粗跟鞋，追我有些难度，但还是努力地与我并肩而行："姜佳，我知道你现在反感这些，但我不得不说，你此刻的行为在心理学上叫PTSD，创伤后应激障碍，因此你说什么我都不会怪你……"

"你神经啊！"我停住脚步，她来不及刹住，从我旁边冲了出去。我的吼声在走廊里回荡，话出口自己也吓得一愣——我居然骂了老师。

如果她要报复的话，我在学校的日子就更不好过了吧。太阳完全下山了，走廊里光线昏暗，带着点儿橙褐色的微光，她的脸糊成一团，我看不清楚她，更看不清楚自己。

事实是，她没有报复我，并且在我离校后，从牛老师那里要来了我的家庭地址，主动找上了门。

我家在一片老式居民小区里，没有电梯，据说六层以上的楼要装电梯，所以小区刚好建到六楼，省了装电梯的工程。

全世界的老式居民楼似乎生着同一张脸，剥落的墙皮、密密麻麻蜂箱般的空调机，还有错综复杂的电线和高低错落的晾衣绳。每逢难得的晴天，便没羞没臊晾满了衣物，每个人的隐私彻底暴露在大太阳下，然而邻里间见面还是若无其事，似乎绳子上随风飘扬的内衣与他们无关。

她敲门的方式很有礼貌，敲三下，停几秒，再敲。这会儿我刚吃了药，内心平和，在屋里懒洋洋地说："对不住，老师，我妈出门的时候把我反锁在屋里了，没法儿给您开门了。"

荣老师热情地说："没关系，我就是来看看你，不进去也行。"

我佩服她的好脾气，也不知道是真好，还是压抑着不满看上去很好。

"今天你妈和律师来学校了，"她说，"还问了我几个问题。"

我从客厅出来走到门口，打开防盗门上面的小窗，说："老师，麻烦您弯弯腰，把垫子底下的本子递给我。"

荣老师应了一声，弯腰捡起本子，递给我的同时，说："你吃饭了没？我可以下去给你买。"

"叫了外卖。"我随意翻了两下本子，是小文的字迹，刚好瞄到"博物馆"三字，我心脏一紧，并且想吐。这些药最让我不满的副作用就是时不时想吐。我感到一些尘封的记忆蠢蠢欲动，连忙借荣老师说话分散注意力。从前越美好，现在越可悲。

"想聊什么呢？我现在吃着药呢，吃药比聊天管用多了。"我直截了当地对荣老师说，"对不住了，没法做您的研究对象，不能在您的新专业上提供临床材料。"

她愣了一下，没料到我现在说话如此直接、不管不顾，但还是细声细气地解释说："我不是来研究你的，千万别误会。"

"那您来找我有什么事呢？"我问。

她说："没事儿不能来找你吗？几天上课没见你，听牛老师说你休学了。正好今天没课，就来看看你。有时候一个人来找另一个人，不是非要办什么事不可啊。"

我承认，她这番话触动我了。

见我不再像斗鸡一样咄咄逼人了，她伸手穿过铁窗栏杆，摸摸我扒在窗口的手背，动作轻极了，像在抚弄一只蝴蝶。

"你妈什么时候能回来呢？这么关着你，屋里有危险你跑不出来啊。"

"屋里就我一个人，能有什么危险？"我笑着问。

"哎，危险多了，比如天然气泄漏，或者电器跑电失火。你这么大人了，她锁你干吗呢？"荣老师絮絮叨叨地说。

我也不明白我妈为什么反锁我，如果是怕跟我那没出息的爸一样跑了，应该完全不让我出去啊。但昨天小文来找我，她还是让我去了。我觉得，她不是怕我跑了，而是怕我爸回来了家中没人。我爸走的时候没带钥匙。

我不在家的时候她在家，她上班了防止我乱跑就把门锁上，这样我爸只要回来，家里就有人。可是有人又有什么用，他想走不还是可以走，腿长在他身上，他要去哪儿谁也拦不住。而且，看到我在家里，他更没法进屋了吧？毕竟张肃军是他往家里带的。他不带回来，除非我也做园林设计，不然的话，这辈子也碰不到张肃军。

尽管如此，我不恨我爸，可他恨他自己。你没法阻挡一个人自责。仇恨也许无法使一个家庭崩坏，但自责能。

"打算什么时候回学校呢？"荣老师问。

"不知道。"提起这事儿我就心烦。

"如果你想换学校，我可以帮你的。"她依旧热忱地说。

我是需要换学校的。自从离校后，我每晚都能听见妈妈在她卧室里不停地打电话，没开灯，或许她又跟昨天一样，从下午开始讲电话，一直讲到夜幕降临还没结束。她讲电话的内容涉及三个方面：一找我爸，二找兼职，三给我办转校手续。

她焦虑、聒噪，头发成天乱糟糟地披散着。

我不知道她都给谁打电话，但通过语气和声调的变化，我大致可以推测出主要内容。

倘若时而如泣如诉，那有可能是找兼职和找我爸；但如果时而哀怨时而勃然大怒，那只能是在找我爸。假如官方而正式，那就是找兼职或办转校；但如果突然夹杂着恨铁不成钢的谩骂，那一定是帮我办转校，因为我成绩不太好，她又不愿意明说我转校的原因，所以办理得格外艰难。

大约是捕捉到了我眼睛里的光，荣老师抿抿嘴，掏出手机向我展示二维码，继续说："这是我的微信号，手机号也是这个，加好友吗？"

于是她成了我好友列表里目前唯一的好友，在离校之前，我把所有人都删除了。

　　我对她说的第一句话是："为什么帮我？"问完觉得自己其实挺可笑的，我妈从小教育我，无事献殷勤，非奸即盗，于是我对所有热情都抱有怀疑态度，但可笑且讽刺的是，伤害我的却是被爸妈一直献殷勤的嫌疑人张肃军。

　　她很快回复了。绿色的对话框，一行普通的黑体字，有撑破人眼眶的能力。

　　"一个人战斗很难。"

　　大约隔了十分钟，可能她在忙，可能她在犹豫要不要跟我说，最终还是补充了一句。

　　"我曾经和你一样。"

找妈妈

第四章

『那天我过生日，十四周岁生日。』

　　有一年夏天，壮飞被一辆摩托车撞飞了，幸好无大碍，只是右脚踝骨折，打了三个月的石膏。这个谐音梗是我想出来的，很不厚道，但是在医院里讲出来，我和小文，甚至壮飞自己，都笑得东倒西歪。

　　"说真的壮飞，你被撞飞的时候，心里在想什么？"小文问。

　　壮飞郑重其事地想了片刻，回答说："想找妈妈。"

　　你看，人在遇到危险的时候，第一反应就是要找妈妈，妈妈是安全感的源头。在生命的萌芽阶段，子宫为其提供活下去所需的一切，任何物质都经母体过滤后输送到脐带中，再进行新一轮的循环。人在咒骂的时候也习惯性地要"问候"对方的妈妈，目的就是要摧毁对方的终极存在感。

　　过完生日的第三天晚上，妈妈发现了我脖子和后背的擦伤和瘀青，扒开我的头发，摸到了最大的一处伤，大约五厘米长，咧着红嘴儿，没有任何处理措施。

　　"你跟谁打架了？"

　　"没有。"

　　"那这是怎么回事？"

　　"张肃军打的。"

　　我妈眼睛速干胶般粘在我的身上。她错开脸，向里屋喊："老姜，你出来。"

我爸戴着近视眼镜，穿着倒穿衣出来了，他在加班绘图。

"老张？不可能。"我爸反驳。

"为什么打你？"

"他扒我衣服，我不同意。他关了灯打的。"

我妈一把将我拖进卫生间，一手把我面向墙摁着，一手解开我后背衬衣的纽扣——单手解扣子是门技术活儿。

检查完毕，她又给我穿上衣服，把我拖回客厅。我如同一块没知觉的冷冻肉，任她拖拽。

"张肃军这个畜生！"我妈狠狠扇了我爸一耳光。

然后，她抡圆了胳膊，又扇了我一耳光。我两耳瞬间失聪，大脑嗡嗡响。她说了句什么，我没听清，只看见两片出离愤怒的嘴唇青紫发黑，快速翻飞，看口型应该是在骂我。

紧接着，她开始扇自己耳光，砸东西，打我爸，打我，一脚把茶几踢翻，指甲盖翻出去露着鲜红的肉，她没觉得疼，继续谩骂打砸。我爸像是失了魂，目光呆滞地瘫在沙发上。一家人折腾到半夜，家中一片狼藉。

第二天，我爸消失了。

我妈不是个泼妇，长这么大从来没见过她骂脏话，她也没打过我和我爸。可这天起，她彻底成了泼妇，一言不合就要跟人打架。比如案件审查起诉阶段，我和我妈在法院与黄律师查阅卷宗，黄律师问我多大了，我答十四岁。黄律师又问："我知道你十四岁，我问的是……张肃军对你实施……这个案件发生的时候，你多大年龄？"

"那天我过生日，十四周岁生日。他帮我庆祝生日。"我按照妈妈教我的回答。

这位姓黄的律师的脸很快被我妈用桌子上的文件夹给打了，因为他说，嫌疑人张肃军已经提交证据，当时他于凌晨十二点以后才实施性侵害行为，他有理由相信我已满十四周岁。既然犯罪行为已是既定事实，抓住这一点对他很有利，只能说这一切发生的不是时候。

"你说什么不是时候，不是时候是什么意思？是我姑娘不该这时候过生日，还是那个不要脸的不该这时候做案？你说的不是时候，那什么是时候！你脑子锈掉了，做什么律师，我打死你为民除害，让你不是时候……"

黄律师夹在文件里的钢笔掉了出来，他哀号着："钢笔，我的钢笔。"

"什么破玩意儿！"我妈不客气地踩了上去，钢笔从中间断了，"你也是学法律的，你不恨坏蛋吗？"

"我恨有什么办法，也堵不住王八蛋钻空子……"他忽然停止了反抗，愣愣地盯着我，"其实你可以不这么说……"

　　我大概会永远记得这一刻，我的面前突然出现了一个地球仪，不知怎的就想起地理老师所说的地球上的晨昏线。他用手指着桌子上的地球仪，说地球是个球体，阳光照射在地球上，地球缓慢地自转。这条线出现在黎明前，是全天最暗的时候，但是很快随着地球的旋转，天慢慢就亮了。实际上，任何球体只要有光源照射都会出现这条明暗交界线。此刻我的人生也出现了这条线，一道线把我的混沌意识劈开来，一边是过去，一边是未来。

　　我妈显然对我的球面人生产生了极大兴致，她飞速把这个缓慢旋转的球体拨拉过去，让明暗交界线迅速消失。

　　再比如，办理休学手续的时候，牛老师多问了一句："学籍还是留在学校吧？万一办理退学的话……"

　　"退学？"我妈彻底变成了汽油，一点点火星都能把她瞬间点燃，"我说要退学了吗？"

　　牛老师慌忙赔不是，道完歉直接开门走了，不再参与陪同。他也看出来我们是不需要陪同的。并不是所有人出了所有事都需要安慰，大部分安慰都没用，软绵绵的几句话，落在受害者身上等于抽几鞭子。

　　"我很遗憾"等于"这事其实与我无关"，"这种事发生在谁身上都难以接受"等于"反正不是发生在我身上"，"我理解你的痛苦，希望你以后过得好"等于"我不理解你的痛苦，你以后过得好不好只有你自己知道"。

有一天放学，我在门口碰见了她。

好奇怪，我从没见过她，但看到她的第一眼，我就知道这人是来找我的。

天凉了，她不知冷似的，在白色打底衫外穿着一件毛线背心，胸部鼓鼓囊囊，快耷拉到腹部了，她手里拎着一只塑料袋，隐约可见里面有纸尿裤和安抚奶嘴之类的物品。她显然认识我，穿过熙攘的学生队伍，踩着路面上来不及清扫的厚厚的枯叶，伴随着枯叶片粉身碎骨的清脆响声，她向我走来。

"姜佳……"她喊出了我的名字。

我们在夕阳下站着，相隔二十厘米，她有很多话要说，我几乎能猜到她要说什么。

"我是张肃军的家属……"

我果然没猜错，扭头就要走。她不敢拦我，跟在我的身后，但也没有肆无忌惮地撵，而是有顾忌似的反复回头，心有牵绊。

"你别误会我，我就是来道歉的。你别走，我没法跟你走太远，我孩子在那边。"

　　我循着她的目光，在花园边的树下看到一个背对着我的小男孩。他守着一个手推婴儿车，看不清里面的孩子，一只穿着袜子的小脚在车的边缘耷拉着。

　　"你饿不饿？"她见我站住了，从塑料袋里掏出一盒进口饼干，想递给我，看见我脸上的表情，又讪讪地收了回去。

　　"我知道现在你恨不得杀了我，我也恨我自己，竟然舰着脸来求你原谅。张肃军不是人，我也恨他，恨不得把他碎尸万段。"她的脸变了形，咬牙切齿地说。

　　我听见"张肃军"三个字只想跑，但她一脸哀戚，双手合十恳求我的样子，让我想起我妈哀求黄律师的模样。她先打了黄律师一顿，然后求他想想办法，治一治嫌疑人张肃军的时候，也是这副祈祷状，手肘往里收，眉眼嘴角往下耷拉。一时间犹如万箭穿心，我还是站住了，听听她要说什么。

　　她没再说下去，语言往往是苍白的。她牵住了我的手，见我没反对，便领着我走到树下的婴儿车旁。黄色的婴儿车里铺着白色的包被，一个消瘦的婴儿躺在里面睡觉，闭着眼，嘴上盖着一方帕子。她掀开手帕，婴儿的下半截脸露了出来，我吓得浑身一哆嗦。

　　婴儿没有上唇，露着鲜红的牙床，口水从嘴角往外淌，皮肤长期泡在水里，生了密密麻麻的疥疮。

"我女儿有腭裂合并唇裂，已经做了一次矫正手术，算是保住了小命，吃奶不呛了，后续还要多次手术……你就当……你就当天杀的张肃军遭了报应，报应到我女儿身上……如果能取得你的谅解，少判几年，给孩子再挣两年钱……"她的声音哑了，几乎是用气声说出这句话，"如果能取得你的谅解……"

我终于无法忍受，拔腿就跑，不敢回头。

这时，一辆宣传幼儿园招生的货车开过，喇叭里嘈杂地放着一首儿歌，稚嫩的童音翻来覆去唱这么几句歌词：

> 小蝌蚪，找妈妈，
> 找到了乌龟当妈妈。
> 乌龟不是我的妈妈，我的妈妈到哪去啦？
> 妈妈，妈妈，妈妈你在哪，在哪？
> 妈妈，妈妈，我真的好想你啊。

"我不会谅解他的，妄想！"我隔着马路对着她喊，"妄想！"

大约两个月前，办案人员到学校调查取证两次，出于对未成年人的保护，他们没有穿制服，也没有开警车。但是很奇怪，隐秘的行踪往往更容易引起众人的注意。事发那天，嫌疑人张肃军是从牛老师的手中把我接走的，牛老师压力巨大，一周的时间头发脱光了，地中海变为塔克拉玛干大沙漠，一马平川。

我站在走廊里，旁边坐着一名便衣女警，听着屋里断断续续的询问。

"您认识张肃军吗？"

"从来没见过。"

"他来接被害人姜佳，此事您是否知情？"

"不知情。初中生大部分自己回家，如果需要我交接给家长，家长会提前跟我打招呼，但姜佳的父母没有。"

"姜佳当天是否向您透露过她放学之后的去向？比如因为是生日，所以要和同学一起庆祝之类的。"

"姜佳下午来上学之前，有一个叫壮飞的外校学生曾经来班里找过她，但是她还没到校。壮飞把生日礼物交给我，麻烦我转交给姜佳。下午姜佳来上学，我就把礼物给了她。"

"这么说，您知道那天是姜佳的生日？"

"是的，我还祝她生日快乐了，也确实顾虑过她放学以后会不会跟社会上的人活动，会不会出什么意外，但是没想起来嘱咐她，这个的确是我的疏忽。你想，班里一共七十几个学生，我哪有精力一对一应付……"

"那姜佳是什么反应呢？"

"她不太高兴，表现得非常明显，还嘟哝了一句，只有壮飞记得她生日，身边没一个记得的。"

"放学的时候，您是否发现她有异常？"

"她背着书包出去了，据班上同学说，学校门口有人等她，因为正值晚高峰，电瓶车、三轮车堵了好一会儿，两个人站了许久，好几个同学都有印象。"

"哪几位同学，您方便叫他们过来一下吗？"

门开了，牛老师脸色苍白，匆忙进了教室，点了几名学生出来，几个人再回办公室。女警察把牛老师拦下了，让他坐在我旁边，只让同学进去。

牛老师明年就退休了，他教了一辈子书，谨小慎微就怕出事，没想到在最后一年中了个大的。他穿着一件灰色的棉布衬衫，因为紧张前胸后背都湿透了，鼻尖上的汗淌到鼻唇沟，鼻唇沟汇聚成小溪流到下巴，魂不守舍坐了好一会儿，才吓得一惊，发现我在旁边坐着。

"姜佳啊，"他的声音苍老又疲惫，像是大病初愈，"你怎么也来了？"

"我早就来了。"我说。

"就你自己吗？"

我点点头。

牛老师瞄一眼我旁边的警察，又探头望了望紧闭的办公室门，说："你别害怕，一会儿就结束了，结束了你就能回家了。"

"现在没你什么事儿了，你可以走了。"女警察说。

我站起来要走，牛老师前后看看："咦，你妈没来吗？"

"她上班去了，我自己来的。"我背起书包说。

"那我送你回去吧，我今天开车来的。"牛老师去班里嘱咐班长坐到讲桌后面看着点儿，弓着腰敲了敲办公室的门，赔着笑进去，又弓着腰赔着笑退出来，手里拿着车钥匙，"老师送你回去。"

十分钟后，牛老师开着他的三轮电瓶车，我坐在车斗里，顶着烈日往家里慢吞吞地驶去。

"你听说了没，市里马上要整改，街上不让电瓶车跑了，尤其是这种三个轮子的。"牛老师边开车边跟我说话，路不平，他的声音忽上忽下。

我不想说话，尤其是面对这样的废话。不让电瓶车跑关我什么事，我家连自行车都没有。

大部分街道都被掀了起来，到处都在搞地产开发和旧城改造，每隔五十米便有一个路障，停着工程车，边上站着穿荧光橘色背心的工人。整个B城显得满目疮痍，秩序失衡。几乎每个人都在议论地产开发，地产带动了基建，城市在建的地铁通道里好似灌满了黄金，通道开发到哪里，哪里的土地就被镀一层金，房价随之暴涨。我家也在等拆迁，肮脏的墙体上早就用红色油漆喷上了编码，屋内也有人来测量和统计房屋价值，可迟迟未有行动。

路上车辆和行人杂乱，牛老师把我送到小区门口，我道了谢正要下车，牛老师忽然喊住了我。

我望着他，他没望着我，眼睛看着地，布满老人斑的手不断地搓着电瓶车扶手，似有难言之隐。

踌躇许久，他终于开口了，似乎也痛恨自己接下来要说的话："姜佳……你……你能不能转学？"

我心中毫无波澜，从电瓶车上下来，站到他的面前。他比我矮，我能看到他的头顶，人的头皮也是会出汗的。

见我不言语，他抬头快速瞥了我一眼，确认我还站在他的视线范围内，且能听清他在说什么。

牛老师人如其名——牛洪亮，他有一个强大的呼吸系统，强大的呼吸系统带动强大的发声系统，讲起课来不用麦克风，最后一排也听得清清楚楚。倘若他发火训斥调皮的学生，教室天花板上能震落一层薄薄的灰尘，人送外号"牛蛙"。

"我快退休了，过了明年秋天就退了。过两个月上头来考核，我想评个……"他没好意思说评个什么，大概说出这样的话的人，在他所处的价值体系里是配不上优秀教师的称号的，"评上了，每个月能多拿一百二十块退休金……你不走也行，不走也行。别误会老师，我没有坏心眼，你不走我也不会为难你。我挺难的，你也挺难的。姜佳，你是个好孩子……"

他不停地流汗，紧张得像是在对着我面试。我没见过他这样，一大把年纪了。

"我走。"我打断了他的话。

牛老师抬起眼看着我，嘴张着来不及合拢。他没想到我如此干脆地答应了，我也没想到自己就这么答应了。说完我转身走了，牛老师在身后絮叨了几句话，我没听清。

我主动失学了。大太阳晒得我浑身发冷。

次日，妈妈给我在医院的精神科挂了号，她觉得我可能是病了。

"你告诉他们，张肃军对你实施侵犯的时候，还没有过十二点，你没过生日，所以还是十三周岁，这样张肃军那个混蛋就能在监狱多待几年，记住没有？"

耳语般的叮嘱在黑暗的卧室里响起，我妈给我送了杯水，悄悄掩上了门。

我病了，躺在床上无法入睡，妈妈的话犹如一团不透气的棉花，堵住了我的嗓子眼。

倘若我反对，我妈两个耳光立马甩过来。

"好好的你跟他过什么生日，哪个正经人家的女孩会跟着人上楼过生日？！"

"生日有什么好过的？你想过，我跟你爸给你过，你上他家过算是怎么回事？"

"你活该！"

门砰的一声关上了，屋里唯一的光线被隔绝在外。我蜷缩在被窝里，想哭却没有调动情绪的能力，药效太强了，我头枕着小文的本子，很快便睡着了。

小文，我不想撒谎。我恨张肃军。

晚安，小文。

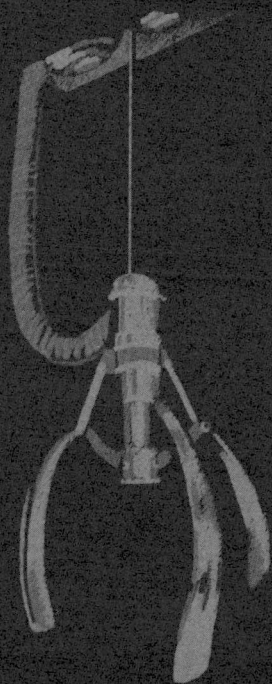

第五章

好人难寻

『我是一个好人。』

　　"我的权限最多给你开一个月的药，一个月以后来复诊，到时候可以做一个肝功能化验，如果药物浓度对身体没有产生影响的话，再开一个月的。"医生庄羽边嘱咐我边填表格，键盘打得噼啪作响。

　　"再多开一个月吧，我可能要出远门。"我想起早晨与妈妈的对话，说。

　　"我只能给你开一个月的药量，"他平静地问，"你要去哪儿？"

　　"不知道，我妈租了辆车，想去找找我爸。短则一周，长就说不准了。"我说。

　　他看我的眼神里有不信任，要了我妈的手机号码，从座机拨过去确认了此事，说："比起让你承担突然断药的风险，还是我来承担风险吧。我再给你开一个月的药量，你去药房取了药，重新在一楼缴费处挂号，等叫了号再进来。"

　　"但是你要保证，不能多吃。"他强调，"我对你母亲也交代了。"

　　"我保证。"我忽然对他不那么排斥了，他在犯错误，而且是为了给我行方便。

　　打印机吐出带着油墨味的单子，他把签了字的单子推到我的面前，见我还坐着，奇怪地看了我一眼。

"还有什么问题吗？"他问。

"我没学上了。"我没头没尾地说了一句。

"这个时候还在原来的学校上课没什么好处，你也受不了同学们的议论。你已经服药三个月了，马上会从情绪的平缓期过渡到亢奋期，易愤怒，易激动，离开有可能会刺激到你的环境，有百利而无一害。"庄羽放下握着鼠标的手，从他的口袋里掏出一颗糖递给我。

"我跟最好的朋友分开了。"我说。

他也剥了一颗糖："那挺遗憾。你这个阶段能有朋友陪伴会更好，怎么分开的呢？"

"他知道我发生的事了，他不知道该怎么办，我也有同样的困惑，还像从前一样相处着，可是觉得一切都不对头。我不想看见他，只想自己待着，身边全是陌生人，我更自在。从前觉得有人跟我一起长大，见证过我的各个阶段是件幸运的事，现在这一切却令我窒息。我受不了这种亲密，我觉得他也一样。"

"你跟他说过这些吗？"

"没有，我现在没有跟人沟通的能力。"我说。

"那等你有了能力再说这事。"庄羽开始在病历上填写面诊资料，"以前吃完药觉得恶心，现在这种感觉减轻了吗？"

法院旁边的广场上，

有跳广场舞的大妈，

有甩鞭子健身的大叔，

有踩着滑板上下翻飞的少年，

有神态悠闲出来散步的猫狗，

每个人都过着正常的生活，

而我却早已和这样的生活挥手告别。

我被动地选择了一条异常艰难的路，

没人问过我是否愿意，

没人解释过为什么是我。

"没有，有时候还会加重。"

"奇怪了，一般都是开始加药或减药的时候会恶心呕吐。这两种药你现在各吃几片？"他问。

"一天三片。"

"你吃这么多干吗？一天两片足够了。"他严厉起来，盯着我问道。

"两片不够。"

"两片怎么不够了？"

"我吃两片没用，还是有感觉。"

"什么感觉？"

"所有事情带给我的感觉，所有。"

他终于明白我说的意思了，略带讶异地看着我，一语不发。

"任何感受我现在都不想要，"我说，"喜怒哀乐对我来说一文不值。吃三片能让我麻木，任何事情都不能引起我情绪上的波澜，我需要这种感觉。"

"你的记忆力会越来越差，永久受损。"

"那我就谢天谢地了。"

他开始焦躁不安，克制地吐了口气："如果你出现这种状态，可能需要监护人寸步不离。你妈每天都上班？"见我点头，他又问，"你刚说，你妈要带着你去找你爸，你爸在哪儿？"

我说："他离家出走了。"

庄羽表示不能理解："离家出走？什么意思？"

"字面意思，走了，不回来了。"我答道。

我爸走的前一天晚上，我答应牛老师离开学校，我们都是主动要求走的，这一点不曾商量就达成了一致，这是血脉的力量。面对给别人添麻烦的状况，自责和愧疚促使我和我爸选择离开。

夜里我起来上厕所，路过客厅吓得浑身发毛，沙发上坐着个黑影，一动也不动，脸埋在手里。见我发现了他，他说话了，是我爸。

"你大半夜坐这里干什么？"我问。

"睡不着，胸闷，起来坐一会儿。"

借着月光，我看到他脸上的伤，全是我妈打的，他没有处理，任由伤口从红的变成了紫的，紫的变成了黑的，黑的结了痂。

"睡觉吧，明天还要上班。"

他说："早就辞了。"

我没再问，他早出晚归的，我以为还上着班。家里发生了变故，谁也顾不上谁，即便同一屋檐下，信息却是滞涩的。

"你恨不恨我？"我爸问。

"不恨。"

我不想再跟他聊下去，一片安定的药效只有四个小时，我要趁还未完全清醒时睡着。回卧室前，我爸闷着声音说："你为什么不恨我？你恨我，我心里还好过些。"窗外轻微的虫鸣托举着他这句话，静静地托着，等待我做处理。如果我不接住，掉到地上恐怕会碎成渣子。

"我不恨你。"说完，我钻回自己的安全巢。

强烈的自责把这个男人赶出了家门，他无法面对狂躁的妻子，以及企图用药物把自己变成一块木头的女儿，作为丈夫、作为父亲，他是失败的，所以他逃离了。逃避是最容易的解决手法，但我没资格指责他，因为我也在做同样的事。

临近开庭，我妈更加忙碌，我跑步的时候，她没再跟着。有时候下雨，有时候天晴，我一个人绕着操场的跑道，一圈一圈，一圈又一圈。

右脚先过线，听我妈和黄律师的；左脚先过线，听我自己的。

右脚过线，右脚过线，又是右脚过线。

我不服气，再跑。或许我在自欺欺人，给自己找机会让左脚过线。

我扶着膝盖，眼睛透过汗湿的刘海向前看，想再跑几圈，但是没了力气。跑步的过程很寂寞，只能听到自己粗重的、近在咫尺的呼吸声，以及高高低低的脚步声。瘦瘦的路灯照着我的身影，一个倔强的剪影刻在跑道上，累了瘫坐在地上，孤独化作一声疲倦的叹息，轻轻从嘴里呵出。

有一天，我在跑道的尽头看到了荣老师，她一手拿着毛巾，一手拎着瓶。

"你怎么来了？"我接过毛巾擦脸，一口气喝了半瓶水。

"来看看你。开庭审理的时间排出来了，跟我说一声，我也去。"她说。

我们慢慢地往回走，她歪头看看我的脸："怎么？"

"我在想开庭的事情。"

"关于你的证词吗？"

荣老师一语中的，我承认了。这件事弄得我寝食难安，没与任何人商量私自加了药量，我知道这样不好，这是逃避，与我懦弱的爸爸没有区别。

"我也有过一段难熬的时光。"荣老师头一次谈及她的从前，谈得很隐晦，我理解她的做法。有过我们这种遭遇的人，每一次诉说都是在解剖自己，将血淋淋的尊严展示给别人看，而对方的反应实在太重要了，最怕的一种反应就是"你好可怜，幸亏不是发生在我身上，不然我也不知道该怎么办"。

"我熬过来了，努力学习，一心想要脱离那个环境。后来我做到了，反而没有那么开心，因为我其实真正想做的事就是亲手把坏人送到监狱去，让他们受到该有的惩罚。现在再给我一次机会，我一定不那么懦弱，而是站出来指责他们，虽然会付出很大的代价，但最起码无愧于自己的心。"

"那如果我遵从自己的心，会伤害到别人呢？"我想起我妈，还有兢兢业业的黄律师。

"这件事的受害者是你，只有你，没有人比你更想看到张肃军受到惩罚。他做错了事，他该受多少，不是由我们说了算的。如果我们为了正确而做了错的事，那么这个正确也就不再正确了。正义会迟到，但不会缺席，他会受到报应的。"荣老师攥住了我的手。

"遵从你的心，去做你认为对的事，不要像我一样，时隔多年想起来后悔。你做这些，是为了自己能好过。"

法院审理此类案件是不予公开的。我妈想申请公开审理，她想逼迫不知在哪个角落蜷缩着的爸爸露面，但法院不予批准。庭前准备时，黄律师建议我回避一下，他怕我开庭时见到嫌疑人张肃军会出意外状况，其实是怕我乱说话。

陪同我的还有荣老师，她悄悄握紧了我汗湿的手，用轻柔却冷静的声音坚定地说："我们要出庭。"有她在，我的心踏实许多。

正式开庭。

书记员宣读法庭纪律，并报告本案当事人及其辩护人、诉讼代理人的出庭情况。我在听众席又一次看到了嫌疑人张肃军的妻子，她身材微胖，怀里抱着穿连体衣的婴孩，孩子看上去大约五六个月的样子，脸的下半截用纱布蒙着。旁边坐着一个衣着整齐的男童，七八岁的模样。他大概清楚这是一个什么场合，所以在审判人员就座后，他推着婴儿车出了法庭，坐在门口乖乖等着，头低下就再也没有抬起来。

审判长宣布开庭，传被告人到庭。于是时隔小半年，我又一次见到了嫌疑人张肃军。他出现的瞬间，我很怕我妈冲上去揍他，怕她会因为扰乱法庭秩序而被带离，但这次她没有。我意外地扭头看看我妈，她十个手指鹰爪般抠着桌面，浑身触电一样剧烈颤抖。

黄律师被我妈殴打以后似乎打通了任督二脉，在法庭互辩的关键时刻表现格外优秀。被告人最后陈述前，黄律师申请休庭。

他把我领到一个无人的房间，一手抚着我的肩膀，一手扳着我的头，强迫我看着他的眼睛。他的声音低沉、坚定，充满了力量："你是未成年人，有些问题只需摇头或者点头就好，可以不用回答。我告诉你，一会儿被告人陈述时，你什么都不要说，不要做。你记住，记清楚，把这句话揉进你的脑子每一个细胞里：案件发生之时，没过十二点，你还未满十四岁，这是事实，没有异议。"

我痛苦地咬住下唇。

我恨张肃军，他该下地狱，我恨不得亲手结果了他。但脑子里有一个小小的声音说，这不是事实。

我在荣老师的搀扶下上厕所，为了使自己冷静，我吃了四片药，整个人昏昏沉沉，看任何东西都是模糊的。我足够麻木了，正如我所愿。

从厕所出来，我迎面碰上在厕所里给孩子喂奶的嫌疑人张肃军的妻子，她没有肆无忌惮地敞着怀喂奶，而是戴了一个小披肩，孩子的头和她半个肩膀都在披肩里面。

看见我，她面无表情，眼神空洞。孩子呛奶了，她把孩子掏了出来，让孩子的头趴在肩上，给孩子拍嗝。婴孩的嗝带出来一长串奶，她从肩膀湿到腰部。她如同一架机器，熟练地操作擦拭，给孩子换干净衣服，整个过程安静沉默，她一言不发。

就在我们即将离开的时候，听到后面扑通一声，她跪在厕所满是污渍的地板上。

"孩子六个月……没人帮我看着，我得出庭，就给她喂了四分之一的安眠药，所以才吐奶的……"她的眼珠子犹如陷进眼窝里的两颗石子，坑洼不平且无光泽。

"这跟我们有什么关系！"荣老师慌了，大声呵斥她，"你不要跪我们，跪我们没有用！"她拽紧了我的胳膊，想把我带离这是非之地。

"张肃军罪该万死，我替他向你赔罪！我们都是罪人，对不起你，我们都对不起你！"她把外面站着的小男孩喊进来，小男孩看妈妈跪在地上，也跪下了，稚嫩的膝盖乖巧地团在一起。

她低伏的头整个儿贴在地面上，距离她的脸颊不远的地方有一摊未来得及处理的污渍以及几片揉皱的卫生纸。

"没有用，我告诉你！"荣老师厉声说。

荣老师把我架了出去，我瘫软得犹如一个塑料袋，任由她摆布。她捉着我，把我揪到通风的走廊里，气得满脸通红。我们并肩坐着，像是经历了一场劫难。我已虚脱，脑海里抱着孩子的母亲和她的孩子顺从跪着的模样挥之不去。我趴在垃圾桶上吐了，恨不得吐光全部污秽。这就是我所说的感受——各种各样的来自四面八方的，能够触动我的感受，我不想要。

我体内有股混乱的力量在四处窜动，将我的内脏撞击得四分五裂。"这不是事实。这不是事实。这不是事实……"一个声音在不停地念叨，寄生虫一样纠缠着我的大脑。

"你不要受她影响，她肯定是故意在厕所等你，博取你的同情心。如果你不想谅解，可以不谅解，没人能胁迫你。"荣老师说。

被告人最后陈述后，审判长宣判结果，嫌疑人张肃军被判处有期徒刑八年，立即执行。

可是一切都错位了。

"当时我满十四周岁了。"我打破了平静，声音在法庭上回荡着，清晰极了。

审判长把头转向了我："请被害人再重复一遍。"

所有人都看着我，法庭里安静极了，连空气都是凝固的。

"我说，案发之时，我满十四周岁了。"我重复道，"时钟敲过十二点，我吹的蜡烛。"

这一切与下跪无关，与母亲的恳求无关，与悲悯无关，这一切都是因为，事实不过如此。

我妈一声哀号，黄律师把桌上的卷宗猛地一甩，全场顿时沸腾。

我妈冲向嫌疑人张肃军所坐的地方，用拳头打，用脚踢，她涕泗横流，犹如一只愤怒的母豹子，只恨没有利爪獠牙，把张肃军撕成碎片，法警来不及阻拦，他也没有反抗。

"她现在精神状态不稳定，我有证据证明她正在服用抗抑郁和抗焦虑的药物，你们不要听她乱说。"我妈打完张肃军，已经耗完所有力气，连滚带爬冲向审判席。一边的法警拦住了我妈，将我妈挽回她自己的座位上。

"我有医院的诊断病例，有药单，什么都有，真的，资料齐全。"我妈依然固执地向审判席哀求，"我资料齐全，你们不能听她的。"

庭上一片哗然，审判人员窃窃私语。

不知道什么时候，我发现他们都离席了。

天气转凉，秋风萧瑟，我、我妈、黄律师、荣老师四人立在法院门口等车，大家无比疲惫，都没有说话。车来了，在路对面停着，我妈走路不稳，荣老师扶着她，生怕她晕厥过去。她没看我一眼，大概是对我失望透顶。我也不需要任何外力支援，正要跟着走，黄律师喊住了我。

他个子很高，这些天忙我的案子，瘦了一圈，显得更高了。他弯着腰，手扶着膝盖望着我，充满血丝的眼睛里满是疲惫。黄律师四十岁出头，因长期压力过大，显得比实际年龄老得多，皮肤保养不佳，有大片的皱纹和晒斑，但骨相生得好，高额深目，鼻梁挺直，下巴坚毅有力。他胸前的口袋里插着那支被我妈暴力踩碎的钢笔，他用白色的医用胶带缠了好几圈，但是也没能阻止钢笔漏水。

"姜佳，"他轻柔地说，"回去好好休息，以后还有仗要打，养精蓄锐。你……"

"你是一个好人。"黄律师说着，眼睛里瞬间溢满了泪水，"谢谢你。"

你是一个好人。

我是一个好人。

我转身走向车所在的地方，双腿僵直犹如两条木板。"我是一个好人。"我念叨着。这句话如同一枚巨大的金属勋章，重重压在我的身上，锋利的边角已经割破了我的皮肤，深嵌进我的肉里，每一步都痛苦万分，每动一下都连骨带肉地疼。

我的脸皱成一团，犹如一张被揉成团的纸，面部骨骼都碎了。我无声地抽噎着，用胳膊抹掉眼泪、鼻涕和口水。法院旁边的广场上，有跳广场舞的大妈，有甩鞭子健身的大叔，有踩着滑板上下翻飞的少年，有神态悠闲出来散步的猫狗，每个人都过着正常的生活，而我却早已和这样的生活挥手告别。我被动地选择了一条异常艰难的路，没人问过我是否愿意，没人解释过为什么是我。

　　他们的笑声与嬉闹如同一根根针，远远飞来，准确无误地扎在我的身上，我的皮肤瞬间被穿透，千疮百孔。

　　"我是一个好人。"我重复着这句话，直到钻进汽车里。

第六章

生日快乐

「当——当——当——」

　　我家没有任何交通工具，但我妈是有驾驶证的人。

　　B城是个小城，本来公交车已经够用了，环城一周不过一小时而已，加上建了地铁，交通非常便利，去哪儿都很方便。头两年城里没几辆车，不知从哪儿刮来的风气，家家户户，有钱的没钱的，都陆续买上了车，买了不开停在门口，内心非常满足。即使家徒四壁，卫生间还没有车后备厢大，但能买辆车，家里顿时蓬荜生辉。

　　我妈办公室五个人，四个家里都买了汽车，唯一一个没买的就是我妈。

　　我妈是个要面子的人，便起早贪黑挤时间考了个驾照，但家里没有闲钱买车，我爸一万个不赞成买车 —— 他每天步行十分钟去上班，我妈可以乘公交车，我步行二十分钟到学校，买车到底给谁开呢？

　　这不是我妈头一次向我表露看不上我爸的观念，抽烟喝酒都是小事，一个女人若是轻视一个男人的价值观，那这段关系算是彻底完蛋了。

　　在我妈看来，我爸活得窝囊，有点钱就买吃的喝的，也不想着省下来买房买车。她办公室的王姐盖了三层小别墅，买了奔驰在门口停着，置办完这些没钱装修了，于是屋里还是毛坯房的样子，一家三口住一楼，二楼三楼房间里堆着几件杂物，空空荡荡。

"那有什么用呢？多盖几间房子，不还是住在一层？"我爸觉得可笑。

"那不一样，你有但是你不住，跟你压根儿没有是两码事。"我妈用目光在饭桌上寻找应援，张肃军笑笑，说："嫂子说的也有道理。"

"姜佳，你的题背得怎么样了？"他在爸妈一片争执声中悄声问我。

"啥时候面试？"我问。

"快了，你认真准备，我随时通知你。"

他真的通知我了，告诉我放了学去学校门口找他，他带我去电视台面试，已经提前跟编导打了招呼。我局促地说："没换衣服。"拉拉身上的校服，洗旧了，没型儿，看着特寒酸。

"没关系，这是个益智类节目，形象好是加分项，没形象有大脑更好，让观众产生反差感，对你的印象会更深刻。"张肃军说。

我略失落，因为没人喜欢听这样的话，说你不漂亮但脑子好使，远不如被骂作花瓶，更何况我从小就觉得，这是个褒义词。

东西送来的时候，

还有十分钟到凌晨十二点。

他把蜡烛点燃，

点了十四根，

顺手关了灯。

黑暗掩盖了屋子的邋遢，

只能看到星星点点的烛光。

……

我对着蜡烛猛地一吹，

屋子黑得更加彻底，

有那么一两秒，

我觉得自己的感官连同烛光一起消失了，

我的意识似乎也消失了。

　　我头一次进市电视台，现在都统一换牌子叫融媒体中心——不单单是电视，而是把广播、报纸等一系列媒体合并在一起。在我看来这是单项的混不下去了，所以只能抱团取暖。他在接待室里登记完毕，给编导打电话。不久，编导拿着门禁卡出来。他脖子上挂着工作证，蹙着眉，把我们接了进去。

　　《超级大脑》节目组在地下一层，是包给外面公司制作的。电梯里的冷气很足，冻得我浑身起鸡皮疙瘩，张肃军和编导在闲扯，看得出他们的确很熟。

　　我有些忐忑，在期间编导没看我一眼，大概从他这里托关系的不止我一个，又或者他每天面试很多人，实在疲乏，没精力多看一个其貌不扬的中学生。

　　出了电梯，狭小的走廊里满满当当全是人，空气像是一块凝结的猪皮冻，饭味儿、人味儿都在里面卡着，偶尔有一两个人与我擦肩而过，掀起一阵久不清理的冰箱里的味道。

　　编导走到B420室，门也不敲直接进去，在迎门放置的桌子上签了个字，递给我一支笔，说："年龄、性别、联系电话、家庭住址，按照上一行填，填完去外面等着叫号。"

　　张肃军陪我在外面的卡座坐着等，我看了看时间，已经七点多了。我妈出差了，我爸加班，两人没一个联系我。

　　小文给我发了条短信，先祝我生日快乐，然后问我怎么过的。我已经被紧张的氛围调动起来，没心思回复他，匆匆看了眼又继续翻题库。旁边所有人都在准备题库里的内容，纸张翻阅的声响犹如浪打浪，念题的声音像是一群苍蝇。

　　张肃军坐在我对面玩手机，天花板顶灯打在他微卷的头发、凸起的眉骨以及鼻尖上，平面的脸有了这几个亮点，显得头骨很立体。他某些地方跟小文完全不一样，小文确实还是个孩子。

　　而我在他眼里恐怕与小文一样。

　　我环顾四周，不乏打扮时尚的姑娘，眉眼和嘴唇一看就是化了妆，看不出原本的模样。而我的脸丁是丁卯是卯，头发都没来得及洗，梳个马尾，发根紧贴头皮。有几个漂亮姑娘是全场的焦点，不时有男人上前攀谈。张肃军只瞟了他们一眼，便没再看了。

　　"他们都是通过初试、复试后进来的，你走的是捷径，直接进的面试。"张肃军说，"好好表现，再有三个人就轮到你了。"他拍了拍我的手背，整个手掌蒙在我的右手上，停留了三秒钟。

　　B420室四面装着落地镜，进去后正面、侧面和背面看得一清二楚。因为胸部刚开始发育，我还穿着不带钢圈的运动背心，含着胸，身姿不挺拔——这也是我第一次如此全方位地打量自己。一共五名评委，三男两女，他们的脸孔写着相似的疲倦。我的初试成绩和复试成绩为空白，他们特意多瞄了我一眼，这一眼令我胆怯，从小到大没做过不合流程的事，刺眼的灯光加剧了我的心虚。

答题效果不佳，我发现，只有在小文提问的时候，我才能应对自如。在陌生的环境中，由陌生人来出题，我的超强记忆力便不复存在。

正确率约为百分之六十，其中一名评委似笑非笑地念着推荐表上的备注："拥有超强记忆力的少女选手。"他抬头看看我，又确认了一下成绩，"超强记忆，少女，有意思。"

我狼狈地从考场逃出，大屏幕已经播放出我的成绩，围观的人里三层外三层。张肃军问："怎么会这样？紧张了？"

我快速地往外走，只想远离狭小空间里不友好的注视。

出门发现天已经黑透，淅淅沥沥地下着雨，我掏出手机看看时间，已是深夜十一点整。我和张肃军在雨地里走了一会儿，打不到车，他提议去他家拿把伞。他指指距离电视台不远的居民楼——他家就在那里。

如果时间可以倒流，我可能从进电视台时就可以发现端倪——张肃军在与人不停微信聊天，只要我看一眼屏幕就会发现，他在跟我爸说话，修改我爸递交上来的图纸；再早一些，如果我回复小文的短信，说我正在参加《超级大脑》的选拔赛，小文一定会放下手里的事儿过来等我。但我什么都没有做。

张肃军家在高层，视野很好，一居室，家中无人。

屋中凌乱无序，到处扔的挂的是小孩的衣物用品，我似乎听我妈提起过他有两个孩子，但他来我家做客，从没带过其中任何一个。

我手里的纸袋淋透了，里面装的是壮飞托牛老师给我的生日礼物——一张生日卡和一座用塑料盒粘成的公主城堡。壮飞从小手工就做得好，应该是他自己粘的。张肃军见纸袋完全烂了，就找了一个纸尿裤品牌的塑料袋帮我把礼物套上。

"今天是你生日啊？"他问，"多大了？"

"十四。"

他看了看表："还有四十分钟就过去了，怎么不早说？"

张肃军笨拙地收拾出来一片干净的地方，用沙发抱枕当坐垫，让我坐着，又外卖点了一个生日蛋糕和一束花。我在感激张肃军的同时，心存疑惑，他为什么对我这么好呢？

他给我倒了杯水，也没问《超级大脑》选拔赛的事。分数那么低，我怕他嘲笑或者责备我，但他都没有，而是坐在我的旁边，跟我说他读初中时的事。

"我初一的时候，学校里举行过这样一个比赛，我那时候报名了。"他点了一支烟，却不抽，只看烟缓缓上飘的样子，眼神闪烁不定，"我把家里所有的书都背会了，说是所有的，其实也没几本，我家没书，我爸、我妈、我几个姑，他们都不看书，书在他们看来就是用来擦屁股的。"

"我上场的时候踌躇满志，感觉他们都不是我的对手。真到场上傻眼了，我甚至连题目都看不懂，更别提回答了。我站在答题台上，一句话也说不出来，台下的同学一个劲儿起哄，说下来吧下来吧。"他笑，露出一排冷白色的牙，牙齿与常人不同，他所有的牙齿都是尖的，像是肉食动物。

"然后呢？"我问。

"然后我就被人架着胳膊下来了。从那以后，我再也不参加这种比赛，尤其是知道这样的比赛都有题库以后。没意思，我的拼命努力在别人看来如此可笑，后来想想也是，我的家庭也出不了能答出知识竞赛题的人，我拿什么跟别人比？"

"也不是这么说的吧，重在参与……"我想起退场时他跟我说的话，用来安慰他。

"你懂什么。"他哼了一声，"那些家里有关系的，都从教导主任那儿拿了题库，就我没有。那时候我才知道，很多事不是你努力就能得到的，有些东西天生注定跟你没关系。"他把烟头摁在茶几上，眼神发狠，"想要得到，就得有关系。没关系，就要付出代价来交换。"

我有些害怕，后悔跟着他上来，他大概也看出来我的不安，说："时间不早了，吃完蛋糕我送你回家。"

这句话多多少少安抚了我，吃了蛋糕就能回家了。

东西送来的时候，还有十分钟到凌晨十二点。他把蜡烛点燃，点了十四根，顺手关了灯。

黑暗掩盖了屋子的邈遢，只能看到星星点点的烛光。张肃军隔着小桌子和蛋糕望着我，突然伸出手，用大拇指摁着我的人中，其余四根手指托着我的下巴，眯着眼睛观察了一会儿我的表情，说："真完整啊，真完整。"他反复摁压着我的上唇，力道很大，似乎在隔着皮肤数我的牙齿。我有些怕，打落了他的手。

我站起来，想去开灯，被他一把拽回："吹蜡烛啊，吹完再开灯。"

我对着蜡烛猛地一吹，屋子黑得更加彻底，有那么一两秒，我觉得自己的感官连同烛光一起消失了，我的意识似乎也消失了。

张肃军像是一片藤蔓般绊倒了我，头先着地，接着他撕扯着我的辫子，扳着我的头往桌角磕去，连磕了两下，我的脑壳如同被劈碎一般疼，这种疼是分散的，我甚至都没有力气呻吟。

"生日快乐。"在黑暗中，他喘着粗气说。

"当——当——当——"

外面电视台的大钟开始报时了，这是一天之中最后一次报时。从前住在电视台附近的居民投诉过许多次，要求取消晚上十点以后的报时，因为这个点大家都已经准备睡觉了。电视台也确实顺从民意，取消了许多年。

在电视台变成融媒体中心后，大钟恢复了零点报时，声量依然那么大，却没有居民再来投诉。

倒不是因为B城居民睡得晚了，而是自打开通了地铁，大家发现这个世界上比报时大钟音量大的东西实在是太多。比如地铁，凌晨一点还在试跑最后一班，尤其是地面上的几站，声音与火车无异。人们慢慢习惯了现代城市的噪音，相比之下，报时大钟的声音并没有那么震耳，它很快淹没在更加嘈杂的城市声浪中，无人察觉它曾响过。

比如深夜飙车的年轻人，三五成群，在凌晨的马路上飞驰而过，马达的声音故意拉得一层高过一层，唯恐他人不知这是改装过的高级赛车。

　　比如此刻我的耳鸣，犹如刀划玻璃般在脑子里尖叫，我听不见任何声音，包括自己的哭号。

第七章

在路上

『这是对的事。』

我妈开车带着我，我带着小文的本子，在高速公路上行驶。她不告诉我去哪儿，也不与我交谈，她无法理解我在法庭上的表现，以至于还需黄律师重新提交有关我精神异常的证明文件，发回重审。黄律师告诉她，他会尽一切努力争取维持原判，但因为出现了事实不清的错误，法院很有可能改判。

她把车开得飞快，道路两边乏味的风景疯狂后退，驾驶座的车窗开着，外面时晴时雨，我妈像是木头人一样任凭风吹雨打，岿然不动。

不吃不喝不上厕所，我们一路向北，开了四个多小时后下了高速，看道路指示牌是到了C城姥姥家。

C城是正宗的北方城市，北方该有的黄沙、大风、大漠它都有。原始的黄土高坡将城市围了一圈，如同他们本地的特产大枣馍，厚实的面紧紧裹着一颗红枣，安全又温暖。因此C城一到夏天就成了天然的火盆，被动地接受着太阳的辐射，而没有豁口进行散热。C城人的脾气也与地势一样，内敛忍耐，生活的施压倘若是均匀的，那便岁月静好；倘若像我妈一样，一下子受了不小的打击，外层的黄土就崩塌了，长久积攒的邪气四射，易燃易爆炸。

因为提前打过电话，姥姥在小楼门口站着等。姥爷过世后，她搬进了舅舅家，把表哥照顾到读大学后，又从舅舅家搬了出来，说是一个人住着舒服。

小楼一共两层，水泥墙抹了腻子，墙皮掉了，舅舅拎着三脚架和水泥桶爬上爬下地修缮，所以这么多年了，还是从前的模样。

下车前，我妈说："你姥姥什么都不知道，别乱说。"

屋子坐南朝北，通风条件也好，室内空气与外面一样清爽干燥，简单干净的陈设，实木家具被姥姥抹得干净，桌面和椅子都套着手工编织的毛线垫子，粉的配黄的，绿的配紫的，非常奇幻。

"瘦了，"姥姥眼花了，捧着我的脸端详片刻，"都脱相了，你妈不给你做饭吃吗？"

半年多了，没人跟我交流吃喝拉撒的事，每天神经绷得紧紧的，姥姥一问，我的眼泪从眼角溢了出来，流进了姥姥的指缝里。

"怎么还哭上了？"姥姥更诧异了，她瞄着在屋里走来走去的妈，"你打她了？"

"没打，"我说，"是我自己减肥减的。"

"小孩减什么肥，是不是你成天说她胖了？"姥姥又问我妈。

"东西拿来，我马上还得回去。"我妈在屋里转悠着，说。

姥姥用手指拭去我脸上残留的泪水："我放在里屋，这就去拿。"

她放下我的脸，掀起布帘子进了里屋，在炕上摸索半天，掏出来一个毛线编织的小布兜，拎着走出来，然后从布兜里掏出一个叠成方块的塑料袋，里面都是粉色的崭新的人民币。

"我昨晚上才取出来的，一共三万块钱，你再数数。"姥姥把布兜递给了我，"这个给你，上学带着。"

"让佳佳舅教你银行转钱，你咋不学，还得我跑一趟。"我妈坐椅子上数钱。

"我又见不着钱，就给我从手机上划拉走了，谁知道给我划拉到哪儿去了，不放心。我也不让佳佳她舅乱转钱，转来转去转没有了，辛苦一辈子，多亏。"姥姥说。

"人银行都是公家的，谁稀罕你这一点儿钱了，还转没有了，真给你转没有了，得赔你。"我妈对姥姥的观念嗤之以鼻。

"谁稀罕，我看你就挺稀罕的，这半年从我这儿拿了两次钱了，怎么，佳佳爸还没回家吗？"姥姥问。

"没有，谁知道死哪儿去了。"

"唉，我天天劝你别跟他置气，他就是那样的人。你当初跟他结婚我不也说了，你脾气太差，一直不改，这下好了，走了不回来了。"姥姥指责我妈，"你天天也不知道忙啥，瞧把我佳佳饿瘦的。"

"你找的男人能撑事儿，不是他的事儿他也撑，我像佳佳这么大的时候他就死了，撑事儿不撑事儿，那又怎么样？"我妈冷笑。

"那不一样！你爸是为了保护公家的钱死的，佳佳爸是跟你吵架走的，那哪能一样！"姥姥指着墙上姥爷的相片说。姥爷去世时不到四十岁，墙上挂的是他参军时拍的照片。一寸照放大了，像素不高，但是也能看清姥爷俊朗的脸上那一双正气凛然的眼睛。

我从没见过姥爷，但人人都说我长得像他。姥姥说，眼睛最像，单眼皮但是眼裂大，眼角向上扬，衬着浓眉，十分有精气神儿。

"你想吃啥？姥姥给你捏疙瘩汤，好不好？"姥姥看见我就要捧我的脸，"看把你给瘦的。"

姥姥系上围裙，去厨房做饭。我坐在我妈斜对面，看她数钱。

姥姥退休后没再找活儿干，一直在帮舅舅带表哥，钱应该是孩子们你给点儿我塞点儿攒下来的。数完了钱，我妈把钱重新装塑料袋里，放进来时背的包里，碰上我的注视，她说："都是因为你。要不是你，也不用跑你姥姥这儿拿钱。你姥姥攒这点儿钱容易吗？"

"你别说佳佳，我攒钱干啥，不就是给佳佳花的吗？"姥姥端着铝盆出来了，拿了老花镜又进去。

"你是给你孙子攒的吧？"我妈进卫生间洗手，转了两圈没找到，姥姥说卫生间下水道总是堵，干脆拆了，现在洗手池在外头院子里。

我妈出去洗手，客厅就我一个人。我局促地坐着，目光无处落。姥姥见我妈出去了，快步从厨房出来，挨着我坐下，压低声音问："家里是不是出什么事了？你妈也不说，只管问我要钱，她以前不这样的。"

我想起下车时妈妈的嘱咐，一句话也不说。

姥姥流泪了，泪水从眼镜后面往下淌。她伸出沾着面粉的手，想摸摸我瘦成棍子一样的胳膊，又颤抖着缩了回去。

"你也不说，你们都不说，我知道出事儿了，就是不知道啥事。"她望着我，问，"是不是你生大病了？"

姥姥猜得八九不离十了，活了八十多了，什么都见过，万事看得通透，唯独看不清她爱的小辈儿："人病了没事，吃药就能好。我还有钱，别怕花钱，都给你拿去，把病治好，好好活着，你才多大啊！"

"我是病了。"我回答。

"哪里病了？"姥姥用手捋我的胳膊腿，发现并无外伤，瞪着眼睛贴近我的脸，小心翼翼地问。

"脑子病了。"我指指脑袋。

"脑子病了不用吃药，"姥姥郑重地说，"我教你个偏方。"

"什么？"我以为她要让我求神拜佛。

"看这个。"

她从茶几第二层抽出来一本书，上面五个大字：脑筋急转弯。

"一天看十个，锻炼脑子的。我前些天脑子糊涂，就是看《脑筋急转弯》练好的。"

我妈洗完手回来，麻利地拎起包："该回去了，走。"

"急什么，不住一晚？"姥姥无措地站了起来。

"哪有时间住，我明天还要上班。"我妈示意我站起来。

"那也得把疙瘩汤喝了再走吧？"姥姥说。

"不喝了不喝了，走了。这都几点了，还得开车回去。"我妈牵着我的胳膊就走，姥姥没跟上来，我回头看看，她又进厨房了。

我被重新塞进车里，车刚发动，姥姥出来了，她端着个饭盒，从车窗递了进来："拿着路上喝。"

"妈，我们走了，你回去吧。"我妈说。

她猛地转方向盘，

把车泊在一处高地，

熄了火，

四周一片黑暗。

她把手机上的手电筒打开，

放在副驾驶座，

车里亮了，

但不刺眼，

只听见车外哗啦啦的雨声，

没有风，

只有静静的雨从天上往地上倾倒。

车开出去没多久就下雨了，我妈没走高速，开着车漫无目的地在C城兜圈。这是她长大的地方，我从车后镜里看着她逐渐红了眼眶。

"你喝点汤吧。"我说。

"不想喝。"

"疙瘩泡糊了。"

"泡糊了就泡糊了，泡糊了倒了。"

我们往城外驶去，雨越下越大，气温降低，车内的皮座冰凉，我蜷着腿缩成一团，看着雨刷疯狂地摆动，然而无济于事，视线非常差。

"啥时候去找我爸？"我问，本以为今天是出来找我爸的，谁知在姥姥家待了不到两个小时又回去了。

"找他干啥？浪费油钱。"

"你不是让我多开一个月的药，出去找找他？"

"谁让你在法庭上胡说了，你一胡说，案子再审。我最开始想的是，判决出来了，带着你找找他，没准儿能找回来。现在好，还要再等一个月，再去找他，我们喝西北风吗？"我妈大喊。

她猛地转方向盘，把车泊在一处高地，熄了火，四周一片黑暗。她把手机上的手电筒打开，放在副驾驶座，车里亮了，但不刺眼，只听见车外哗啦啦的雨声，没有风，只有静静的雨从天上往地上倾倒。

"我没胡说。"我小声反驳。

她气极了，解了安全带从驾驶座上下来，爬到后座。我以为她气势汹汹钻过来要打我，捂着头和脸背对着她坐。

"你是在帮他减刑！"她对着我的耳朵尖声喊。

"你别说了，我心里也不好受。"我也跟着尖叫，企图压过她的声音。

"你有多不好受，我是你的十倍二十倍！你难受了知道找妈妈，我呢，我也找妈妈吗？可惜我妈年纪大了，什么事情都经不起，倘若告诉她发生了什么，能直接要了她的命！我只能憋回去！我连个说心里话的人都没有！你只管你好受不好受，管没管过我好受不好受？"

她哭了，我也哭了。

"我也想过你这么做的原因。"我妈抽噎了一下，说，"姜佳，你吃着药呢，很多想法不一定就是你真实的想法，你怎么知道这么说是不是你的本意呢？"

"我吃不吃药，都知道那样是不对的。"

"你怎么那么像你姥爷呢？你明明没见过你姥爷，你这孩子怎么回事啊……"我妈捶打着我的背，哭着说，"你们怎么净做些让家里人难受的事儿呢？"

　　"这是对的事。对的事不一定是让人舒服的，但是是对的。"我说。

　　"你是个好孩子，是妈妈不对，这些天不应该不理你的，你已经够难的了。"我妈说。

　　我们的车像是一座孤岛，被隔绝在雨地里。哭着哭着，我妈抽抽鼻子，问："什么味儿？"

　　我也仔细闻闻，像是姥姥煮的疙瘩汤味，只不过现在突然变得浓烈起来。

　　我扭头找找，发现疙瘩汤翻车座下了，正要捡起来，被我妈打了下手背："哎哎哎，你这么拿就全洒了。"

　　她探着上半身，一边抱怨租来的车弄脏了还得赔，一边麻利地连盖带饭盒一起端了起来。只洒了一点点，我用卫生纸抹干净，几乎看不出来。

　　饭盒是两层的，为了防止汤和其他食材糊在一起，姥姥把稠的捞出来放上面，汤放下面，还配了两把汤勺。我妈叹了口气，说："咱们喝了吧，你姥姥一片心意。"

　　于是我们每人一把勺子，把汤和食材拌均匀，头抵着头喝汤，有时候碰到对方的额头，有时候头发缠在一起。我有好多年没这么近距离和我妈一起喝汤了，凑这么近，我能看到她颧骨上的雀斑以及眼角的皱纹。她的头发有一段时间没染了，发根新长出来的头发是花白的。我看着她的发际线，惊讶怎么白发的比例那么高了。

印象中，我妈头发丰厚浓密，发色漆黑，近两年开始染发，我以为她是爱美，想换一换头发的颜色，没想到是为了掩盖白发。我太粗心了，没曾好好看看她。

喝完汤，我们重新上路。碳水化合物使人心情愉悦，车开了很长一段时间，我心中只有前方的路，没有其他。

"你可真是你姥爷的亲外孙女。"我妈感叹。

"我姥爷是个好人。"

"当好人是很累的。"

"那我以后当一个不那么好的好人。"

……

小文的本子在车后座上摊着，最上面有一句话，摘抄于某部电影里的台词：

> 我们一路奋战，不是为了改变世界，而是为了不让世界改变我们。

第 八 章

深夜不归人

『我不能撒谎。』

荣老师领着我在教育局递交转学材料，待学校所属辖区的教育主管部门盖章后，就可以到相应年级入学了。我们坐在门口的长椅上等流程结束，荣老师交代我，一会儿拿表的时候，跟教育局老师怎么说感谢的话。我不是学期结束才办转学的，而是中途休学后转学，因为这个，荣老师费了不少口舌，办转出学校的转学证明费劲，办转入学校的接收证明也费劲。

交代完毕，她似有话要跟我说，但欲言又止。拿到盖了公章的申请书，我们站在教育局门口准备分别，荣老师说："姜佳，我跟你说个事情。"

我望着她的嘴，有些怕，这样的话后面往往跟的都是坏消息。

"前几天，牛老师给我发消息，说他在师范附小门口看见你爸了。"

我内心咯噔一声，没想到他还在B城，而且出现在师范附小，师范附小距我家只有十分钟路程。在距离家如此近的地方，却不回家，可能在路上还碰到过他，只不过被他刻意躲开了。

"牛老师夜里倒垃圾，走到垃圾箱旁边看见一个流浪汉在捡瓶子。他的垃圾袋里有两个可乐瓶子，就捡出来递给流浪汉，免得他再费劲找。流浪汉连连道谢，一抬头与牛老师对视，他压低帽子扭头就跑。牛老师喊两声没喊住，年纪大了追不上，就给我打了个电话，让我跟你说一声。我本想当时就跟你说的，但那时候一审判决刚刚出来，我怕你再受刺激，就没说。昨天牛老师催促我赶紧找你，说又看到他在师范附小门口晃悠。"荣老师说，"如果你想找他，我可以陪你一起去……"

我拔腿就往师范附小的方向跑，帽子掉了也顾不上捡，手里装表格的牛皮纸袋被风刮得呼啦呼啦响，我唯恐它被刮破，贴近胸口抱着。这个姿势跑不快，急得我一身是汗。

身后荣老师骑着电瓶车追了上来，示意我坐上去。我小跑着调整跑步速度，一屁股坐在电瓶车的后座上。

我们一路穿过菜市场、小区、公园，来到了师范附小的大门前。

今天是周三，学生们还未放学，学校两边的商店和小卖部空空荡荡，等学生们都出来才会彻底"醒"过来。

师范附小后面是护城河，护城河桥东西流向，因为河水干涸露出大约五米宽的堤坝，牛老师所说的垃圾箱就在堤坝上。

我们以堤坝为中心向外画圆圈寻找，并没有看到牛老师所说的疑似我爸的流浪汉。

我下到堤坝，在桥洞下发现了一个窝棚，但是里面没人，只有几个塑料瓶子和一床破烂不堪的被褥。我不敢想象我爸躺在这里的样子，站在窝棚外面发呆。

"姜佳，你过来。"荣老师在桥洞的另一边喊我。

我踩着硬得像石头般的泥巴地，穿过桥洞。荣老师正在往河对岸看，见我来了，指着对面说："你看那儿。"

我顺着她指的方向看去，看到了我们小区的六层小楼，而我们所站的位置刚好能看到我家，距离有些远，只能依稀看到正面的窗户和喷在墙上的彩绘。

我回头望了望窝棚，再看看我们家的小楼，觉得这个窝棚应该是我爸搭建的。

每天晚上，我爸就站在这里远远望着家里亮着的灯。他的妻子和女儿都在家中，只要有灯，他就知道两人都是平安的。躲在这里，他心里不那么内疚，能够看到，不用面对，这应该是他所能想到的最佳处理办法。

吃晚饭的时候，我告诉我妈，在师范附小旁边发现了我爸的踪迹，她皱了皱眉头，似乎不想听到有关他的消息。

"附小，他为什么在附小桥下待着？"我妈边吃饭边嘟哝，"师范附小、附小……"

"他可能是后悔离家出走，又不好意思回来，每天方便看到咱们家。"我说。

我妈摇了摇头："你不了解你爸，他不会因为方便看到咱们家才在那里待着。"

"你怎么想的？接他回来吗？"我问。

"你是不是该去医院复查了？上次庄医生不是让你空腹抽血化验药物浓度吗？"我妈明显不想聊我爸，岔开了话题，"你挂号了吗？"

"挂了，明天去。"我心怀不满地说。

深夜，我无法入睡，吃安定也没用，想着桥下的窝棚里住着我爸，坐卧难安。这么多天，他怎么挺过来的呢？为什么睡大桥洞都不愿意回家呢？我妈和我就那么可怕吗？

这样想着，我坐起来打算去找他回家，但是又跌回枕头里。他不愿意回来，我找他有什么用，而且外面很黑，我不敢一个人出去。

一夜无眠，清晨起床头像被人砸了一榔头般疼，去医院的路上意外地发现行人已经很多，我步行到师范附小门口坐公交车，等车的空闲，下了护城河桥。

草上的露水还未干，打湿了我的鞋面和裤腿，疑心草里蹿出来虫蛇等生物，我走得心惊胆战，下到桥底，站在坚硬的地面上才放下心，往窝棚处走去。窝棚由三根粗壮的树干搭成，上头缠着生锈的铁丝和麻绳，盖着一片破破烂烂的白色塑料布，可容两个人躺下的空间。从我这边的角度看，里面似乎躺着一个人，两只脚大咧咧地伸在被褥外面，脏得分辨不出原来的颜色。

我看不清躺着的人的脸，但是身形与我爸相像。他赤裸着上半身，睡得很香，扯着呼噜。

越走越近，我眯缝着眼，努力辨认着他的脸。正在这时他突然醒了，发现窝棚前站着一个人，大喊了一声，扔出来一个空瓶子。

听声音不像是我爸。这时流浪汉探出头来，圆睁着一双惊恐的眼。

不是我爸，认错了。

"喂，喂？"庄医生喊了我几声，我才回过神来。

"你怎么回事？"他问，"我问你吃饭没有，是否空腹过来的？"

我点点头："也没有喝水吃药。"

他给我开了单子，让我下楼抽血，结果出来以后再找他看。我正要走，他问道："你脚上那么脏，早晨去哪了？"

我低头看看脚，才发现两只鞋上都是泥巴和青草，医生办公室洁白的地板砖被我踩的全是脏印子。

我不好意思地道了歉，问他要了拖把和扫帚，把屋子打扫一下。他看着我扫地、拖地，说："我觉得你现在状态好了许多。"

我停下手里的动作，扭头看了看他。

"以前你来看病，最多跟我说十个字，更别提站起来拖地了。"庄羽微笑着说，"药效是一方面，还有一方面是，你内心能量还是很强大的。"

"我没感觉自己强大。"我低着头嗫嚅道。真强大的话，连病也不会得。

"上次你跟我说要庭审，庭审结果怎么样，方便说吗？"他问。

"我妈没跟你说吗？"

"她说了，不过我想听听你怎么说，看来你们母女没达成一致。"他说。

我把地拖完，将扫帚和拖把归位，清了清嗓子，把当时的情况大致说了一遍，最后说："我不能撒谎。"

庄羽望着我："有些选择很难，但如果不选，可能一生都耿耿于怀，我能理解你。"

"谢谢。"

"但你还没回答我早晨去哪了。"

我说："有人说在护城河桥边的师范附小看到了我爸，我今天早晨下去看了看，不是他。但是那个人坚持说是我爸，一定是我没找对。"

"你觉得会是你爸吗？"

我心里觉得是，不知为何总觉得他不会丢下我们母女去外地生活，即便是不负责任，也不至于如此绝情。我该去抽血了，临走时，我问庄医生，是不是对每个病人都这样，还是只对我如此，是因为怜悯吗？

庄医生说，他对每个病人都是如此，给他们开药，听他们说话，给予充分的信任。时间到了，病人痊愈，他的工作也就完成了。

我无比感激他给出这样的回答。

回家后，我按照正常的剂量吃药，听见客厅有动静，以为是我妈回来了，然而紧接着听见的是婴儿的啼哭。我走出去，看到了出走两个多月的爸爸。

他怀里抱着一个婴儿，头发长得与胡子连成一片，衣衫褴褛，臭气熏天。

那个婴儿张着畸形的嘴哭号，我认得那张嘴，她是嫌疑人张肃军的女儿。

离家这些天，我爸的确住在师范附小的桥洞下，窝棚是他搭建的，只不过他前两天守护失败，被别的流浪汉占据了。

嫌疑人张肃军的儿子在师范附小读一年级，每天由张肃军的妻子接送。我爸告诉我，他最初想要掳走张肃军的儿子，至于掳走后下一步怎么办，他还没想好，总之是不能回家，否则会给我和妈带来麻烦。倘若他从一开始就离家，更能显示出这是他的个人行为。

可是张肃军的妻子十分称职，每次都把儿子送到教室门口，他蹲守了两个月，居然没有一次得手的机会。他最开始的报复心逐渐被消磨得淡薄了，加上每天风餐露宿，身体也日渐虚弱。

曾有一次绝佳的机会，张肃军妻子没有来接儿子放学，可小男孩的警惕心极强，看到我爸拔腿就跑。如果搁以前，我爸摁住他带走没问题，可是在外生活这么久，他的体力太差。

大约是小男孩回去跟张肃军的妻子说了路上碰到奇怪的人尾随，张肃军妻子更加谨慎，每次送完孩子，都会站在教室门口张望一会儿。

直到今天傍晚，我爸准备放弃了，他在护城河旁边坐着吹风，张肃军的妻子又来接孩子放学了，她到早了，就推着婴儿在护城河边散步。

这时，抢占我爸窝棚的流浪汉忽然从堤坝下面蹿出来，扯了张肃军妻子的包就跑，边跑边翻，翻出来一堆婴儿吃的小饼干、纱布和湿纸巾等物品，翻到最底下，掏出来一个钱包。张肃军的妻子条件反射地追流浪汉，追了两步想起孩子还在婴儿车里，再折回小车边时，孩子已经被我爸抱走了。

怀里抱着个婴儿，我爸不敢去人多的地方，太可疑了，婴儿虽然衣着朴素，但是干干净净，连衣角都被张肃军妻子熨烫得平整，跟我爸形成了鲜明对比，一看孩子就是别人的。他贴着护城河走了一段路，心中又痛又恨，想把孩子随便扔在芦苇荡里，却始终狠不下心来，无奈只好把孩子抱回了家。

软弱又糊涂的好人。

我们爷俩看着沙发上安静吃手的婴儿，面面相觑，等着我妈回家定夺。

"姜佳，出来搭把手。"我妈回来了，胳膊上大包小包挂着超市买的东西，皮肤勒出纵横交错的红印。她喊我给东西分类，看到我爸回来了，说："哟，见鬼了。"

她本想冷言嘲讽一番，紧接着看见坐在沙发上的婴儿，脸上的表情凝住了。

"这是干什么？"她显然认出了婴儿，问我爸，但很快推论出我爸把孩子带过来的缘由，"你疯了？这是犯法的！"

"这些天，我带着佳佳四处奔波，看病、整理资料、办理转学，你在干什么？我们的生活刚回到正轨，你这是干什么？"

我妈忍住了要抽我爸的冲动，颓然坐在沙发上，颠得婴儿侧倒，引得一阵咯咯的笑声。她天生对与母亲年纪相仿的女人有好感，挥舞着胳膊要抱。

"滚。"我妈对婴儿说，但她听不懂，被我妈短促的音节逗得更乐了。

"怎么办？"我爸问。

"怎么办？送回去！"我妈把孩子抱起，竖直靠在沙发上。

她目不转睛地盯着孩子残缺的嘴，用纸巾拭去淌出来的口水："我不想管她，赶紧送回去。"

说完，她进了卧室，躺床上捂住了眼睛："马上要二审了，你现在这种行为只会添乱，没有任何帮助，替你女儿想想吧！"

夜深了，我与我爸走在无人的街道上，不敢打车，不敢露脸，用一个纸箱装着婴儿。

我爸换了干净衣服，刮了胡子，但因为瘦，脸的轮廓变得陌生许多，偶尔笑起来带着点神经质，一只眼睛无法与全脸表情统一，眼皮上的伤疤导致他眨眼频率变慢。他有时候走在我的前面，有时候在我的旁边，想扯点儿有趣的话题活跃气氛，但我忧心忡忡，没有心思听他聊。

"你走这么多天，没想过我跟我妈怎么过的吗？"我插话。

他收敛了假笑，不再说话。安静挺好，能给人思考的时间。婴儿在我家喝了点儿羊奶粉——我在楼下便利店里没找到婴儿奶粉，买了替代婴儿奶粉的羊奶粉。这是我妈特意嘱咐的，她说婴儿脸上的疱疹有可能是对牛奶蛋白过敏，有些孩子生下来就过敏，我小时候就是，从母乳过渡到奶粉的时候很艰难，对牛奶的牌子很挑剔，稍不注意护理，就浑身长湿疹。羊奶粉相对来说安全，价格也偏贵。

剩余的羊奶粉我妈给孩子放在饮料箱子里，她还给换了纸尿裤和新买的衣服。

我痛恨我爸的懦弱和糊涂，想与他理论一番，但觉得没意义。经历了这么多事，很难再有什么事情能让我动气，像我妈一样咬牙切齿地与我爸打一架？生气和打架也是一种能力，也是要调动生命能量的。

我们没走大路，沿着护城河多走了五里路，为了避开城区密密麻麻的摄像头。快到富康庄园小区时，我爸说："里面恐怕有摄像头，如果她之前报了警，那么我很快就会被抓住。"

"那你想怎么办？"我问。

他把目光投向了小区门口的报刊亭，那是一个摄像头拍不到的死角。

我爸让我在树丛里等着，他把孩子放在报刊亭的窗口下，我们坐在树丛中，等有人发现纸箱里的孩子。

几乎守了一夜，直到凌晨有人出来晨练，被孩子的哭声吸引过来，嚷嚷着喊出来一大帮人，我们才悄悄地离开，趁着最后一抹夜色往家赶去。

第九章

黎明前的星光

『我和他不一样。』

黄律师在开庭审理前一星期约我们在必胜客见面，把准备好的资料分发给我和我妈，因不知道我爸回来了，所以全部资料只打印了两份。他冲我爸点点头，寒暄道："旅游回来了？"

我爸尴尬地咧咧嘴。

"被告的辩护人此前已经提交了对一审认定证据的异议，两个较大的也是对我们最不利的书证分别是：一、被告曾倚仗自己的社会关系，带被害人直接进入《超级大脑》节目面试，视为默认被害人对社会约定俗成的规则持赞同态度；二、被害人在法庭上自述案件发生之时，已满十四周岁。这两点都可直接影响定罪量刑。"

一时间无人发言，只听见纸张翻动和黄律师用钢笔做笔记的沙沙声。

"当然人民法院也有不开庭审理的权力，但这取决于被告和咱们这边的意见。我方的意见当然是不开庭，维持原判。"黄律师说，"其实现在能开庭审理，已经说明对我们不利。"

他话头转向了我："姜佳，你现在能断药吗？"

我错愕地摇了摇头，黄律师说："我已经提交了关于你在一审判决期间，正在服用草酸艾司西酞普兰、盐酸氟西汀和舍曲林这三种药物的书证，所以你的证言可以不予采纳。倘若你断药一星期，还坚持自己在一审判决时的证词，才能生效。或者你可以选择回避，我会向法院申请，这样维持原判的胜算更大一些。"

"黄律师，"我妈突然说话了，她斟酌着字句，想让自己好受一些，"最初想让张肃军多判几年，是我的想法，与姜佳无关。现在我觉得，如果这样做，我和张肃军那种败类有什么区别？所以……我想，我们还是尊重姜佳的想法……"

黄律师看向我爸，我爸说："我也尊重姜佳的想法……还有我媳妇的想法。"

"那么，姜佳你什么想法？"他问我。

我虽然没有抬头，但明显能感觉到三人目光的压力。因为焦虑，我来回撕扯着用来垫桌子的比萨套餐宣传单。

"我还是原来的想法，"我说，"我和他不一样。"

黄律师拍拍我的肩膀："好，那我们准备好打仗吧。尽人事，听天命。"

晚上，我给姥姥打了一个电话，表哥回来了，隔着电话都能听出她语气中的喜悦。

"你吃胖没有，现在多少斤？"姥姥在电话那头问。

"我又不是猪，养肥了好卖钱。"我尝试着跟姥姥开玩笑。

"在我看来你们都是猪崽子，我只想把你们养得肥肥的。你们年轻人啊，脑子里不知道天天在想些什么，我一个黄土埋到天灵盖的老太婆也搞不懂，只能想着让你们长肉。毕竟长肉我能看得见、摸得着，摸得着才放心。"姥姥在电话那头笑呵呵的。

"你爸回来了？"

"回来了。"

"回来就好。你多劝着你妈，别天天跟他生气。"

"好。"

放下电话，我妈神色紧张地进了屋，站在门口束手无措："姜佳，有人说想见见你。"

"谁？"我边问边往外走，客厅里站着张肃军的妻子。

她这次没带孩子过来，大约是找人帮忙看着，手里拿着一套婴儿的衣服，还有未喝完的羊奶粉，见我出来了，她礼貌地笑了笑："姜佳，又见面了。"

"你想干什么？"我爸警惕地问。他背靠着桌子，手在抽屉里摸索，大约是想找个能防身的东西。

"别忙了大哥，我这就走。"她对我爸笑笑，语气平常得犹如一句普通的问候。

"这是给孩子买的衣服吧？不是很合适，脚腕紧，穿一天勒得脚踝青紫青紫的，你看谁家有小孩就给送过去吧，还是牌子货，别浪费了。羊奶粉她也喝不惯，太膻。"她把东西一件一件放在沙发上，接着顺势坐了下来，牙齿不停地撕咬着嘴唇上的死皮，"她在这上面躺过吧？你们把她放沙发上？应该不会让她上床的，她淌口水，脏。"她皱着鼻梁笑了笑，比哭还难看。

"你们别紧张，我没报警。"她说。

她在屋里踱步，哼着不成调的曲儿，看我们橱柜上立着的全家福，看一张扣翻一张，看一张扣翻一张，她的行为令我们一家毛骨悚然。扣完了立着的照片，她把手伸向挂在墙上的全家福，被我爸一把攥住了手腕。

"都毁了，不是吗？"她痛哭流涕，"都毁了，毁了！"

"这是我干的，跟她们娘俩无关，一切都是我的个人行为，孩子不也给你送回去了吗，我没动她分毫！"

"你也说跟她们娘俩无关，那那件事与我们娘仨何干？"她哭诉，尾音颤抖，拖得长长的，像是号丧。

"我没报警。"她用失神的眼睛看着我们，"你们就是不把她送回来，我也不会报警。"

屋里的空气混浊得像一口浓痰，她肆无忌惮地说出了心中压抑已久的心声。我们不该承担这些，她也不该。

待她在屋里缓过神，我妈往她手里塞了几百块钱，让我爸送她回去，给她找个车。她被架起来时上半身僵硬，目光涣散，手里纸币的折角硌疼了她的手心，她低头看看手里的钱，猛地往天上一扔："真比打我脸还难受，谁要你们的钱！"

她歇斯底里地望着我们，两只眼睛像是从深井里透出的光，说："法庭见。"

我不理解大人的世界，就像看万花筒般，只能从小小的圆口里窥见里面五彩斑斓的色块，这些色块不是固定的，手一抖，就变幻出另外一副模样。小文曾经说，壮飞选择了跟我们完全不同的路，我们之间的友情以后可能会淡，我不相信。从小一起长大的好朋友，怎么会因为走的路不同而疏远呢？所有的书上不都说，海内存知己，天涯若比邻吗？

"为什么会有海内存知己，天涯若比邻的说法且流传至今？还不是因为稀罕。因为少见，所以被人们歌颂，传到现代大家误以为是稀松平常的事，其实并不是。"小文说。

"那有没有办法保持，不让壮飞脱离我们的小团体？"我问。

小文摇摇头，说："我想不出。"

现在，我不仅失去了壮飞，还失去了小文，无论是被动失去，还是主动失去，只要人与人之间不再走同一条路，那么分离便是注定的。同样，从前毫无关系的人，偶然走在一起，也能慢慢成为朋友，就像我和荣老师一样。

荣老师是八零后，比我的父母年轻几岁。她的同龄人都已经有孩子了，而她还没有结婚，独自一人生活，在学校附近租了一个公寓，养了两只流浪猫。

荣老师说，二审开庭她不想去了，不是放弃，就是不想去了。说这话的时候，她在给猫梳毛，拿着一个针梳，顺着猫毛的方向，从头梳到尾。

她清理针梳上的猫毛时，让我过来摁着猫的身子，免得它跑了。

"我得向你道歉，因为我帮你，是带有私心的。"她坦诚地说，"我小时候遭遇过跟你一样的事情，那时候我爸妈都在外面打工，我跟着爷爷奶奶一起生活，他们只管我吃喝，学习上的事情一概不问。后来我出了事，我爷爷把我打了一顿，我奶奶让我谁也别告诉，说出去嫌丢人。所以，至今这件事我爸妈都还蒙在鼓里，他们只知道我初三一年都不说话，像个木头人一样拼命学习，考出了我们那个小县城全县第一的好成绩，进了市里的实验高中。他们只知道家里出了金凤凰，却不知道这一切的源头是什么。"

她对着我微笑："一般人遇到这事后，一心只想让罪犯受到最严重的惩罚。后来，随着跟你的相处，我发现有种方法比惩罚更有力量，那就是怜悯。"

　　"姜佳，你是一个特别好的姑娘，真的是遇到事，才知道
这份好来得多可贵。"她说，"不管二审判决是什么，你都是我
想要倾力相助的人，你需要什么，我一定尽全力。"

第　十　一　章

決战

『我不能违背自己的心，我不是个坏人，不想跟他一样。』

B城的冬天令人畏惧，风是绵软的，空气是潮湿的，二者合二为一，缓慢地侵蚀着人们对寒冷的耐受力。我已断药一周，在父母的陪同下，时隔三个月，再一次进入了法庭。

进法庭前，我看见嫌疑人张肃军的妻子和孩子，依旧是小男孩抱着妹妹，坐在走廊的位子上，耐心地等着。看到我从他身边走过，他抬了一下头。我头一次近距离看清他的模样，尽管精神不佳，但是眼睛里透着孩童特有的湿润光芒。

"姐姐，对不起。"他在我即将走过的时候，大声说道，稚嫩的嗓音很洪亮。

我回头看了一眼他，他则低下头，专注地看着妹妹。他的身体紧绷着，脚尖杵着地，脚踝微微颤抖。

法庭不大，依旧是不公开审理，旁听席上空空荡荡，灰色的椅子干干净净，排列得整整齐齐。张肃军的妻子孤零零地在第一排坐着，面无表情。秩序感使我悬着的心落了下来，断药的焦虑有所减轻。

"脑子病了不用吃药，看《脑筋急转弯》锻炼锻炼就通畅了。"我的耳边回响起姥姥的话。

法庭的工作人员一一入席，众人准备就绪。庭审开始。由书记员宣读法庭纪律，并报告本案当事人及其辩护人、诉讼代理人的出庭情况。

书记员入座后，审判长宣布："现在开庭，被告人起立，请打开手铐。"书记员记录庭审内容的键盘噼啪声在寂静的法庭中回响。

两名法警走上前，把张肃军的手铐打开，屋内安静，只听得见金属摩擦的咔嗒声和键盘叩击声。

手铐打开后，审判长问："一审判决书收到了吗？"

"收到了。"黄律师说。

"收到了。"被告辩护人说道。我这才留意张肃军换了代理律师，不是之前法院指派的律师了。想起张肃军妻子在我家喊的那声"法庭见"，大致明白她的意图了。

"现在请被害人的诉讼代理人说明一下身份情况。"审判长说。

"姜佳，女，汉族，2005 年 8 月 9 日出生于 B 城，就读于 B 城一中。"

"现在请被告的辩护人说明一下身份情况。"

"被告张肃军，男，汉族，1979 年 1 月 12 日出生于 B 城。"

"被告被捕前从事什么职业？"审判长补充问道。

"就职于 B 城海润园林设计有限公司，是一名技术工。"张肃军的辩护人回答。

"案由是 2019 年 8 月 9 日，被告人在 B 城东城区富康庄园小区的家中对被害人实施性侵，证据确凿，8 月 11 日由 B 城公安局拘留，15 日实施逮捕入狱，对此有无异议？"审判长问。

张肃军说："错了，是 11 日拘留，当日入狱，错了四天。"

"你确定是错了四天？"

"确定。"

审判长与左右两侧的审判人员沟通后，说："现在由公诉人宣读起诉书。"

公诉人是一名扎着马尾辫的年轻女士，她此前跟我沟通过多次，也陪同我协助公安部门的调查。她隔空与我对望片刻，我内心觉得踏实些许。

她站起来，用低沉的女中音念道："被告人张肃军，男，汉族，1979 年 1 月 12 日出生于 B 城，于 2019 年 8 月 9 日，以帮被害人进入某节目选拔赛为诱饵，骗取被害人信任。8 月 9 日晚十一点选拔赛结束后，被告以回家拿伞为由，在位于人民路富康庄园小区 3 栋 1308 室内殴打被害人，并强行与被害人发生性关系，以上情况是否属实？"

张肃军小声说："属实。"

"现在由被害人的诉讼代理人提问。"审判长说。

黄律师站了起来，手持一沓书证说："被告张肃军，8 月 9

日你带领被害人参加选拔赛，是否对被害人存有不轨之心？"

"我帮她要题库，走后门进三试，她也进了，我觉得她已经默许后面这一切的发生是理所当然的。"

"你们明确地交流过这个问题吗？"

"那倒没有，是我觉得。"

"被害人没有明确表示态度，你'觉得'没有用。你说你晚上带被害人去面试，知不知道被害人是未成年人？为何不通知被害人的监护人？"

"我以为她自己通知了，就没多问。"

"你以为被害人已经通知了其监护人，理应结束后送她回家。为何在8月9日晚十一点将被害人带回你家，而不是送她回自己家，你为何要这么做呢？"

"我们比赛出来以后，下雨了，我想回家拿伞，准备送她回家，她却说今天是她的生日。我以为她在暗示我，让我给她过生日。"

"以什么为凭据证明她暗示你？"

"她主动告诉我的。"

"为什么主动告诉你今天是生日就是暗示你呢？她告诉你，你就一定有义务带她回家，给她过生日吗？她主动告诉你后，你做了什么？"

"我给她订了蛋糕、买了花，我们坐在客厅说了一会儿话，我喝了啤酒。"

"被害人有没有喝酒？"

"她说她还未成年，不喝酒。"

"你喝了多少？平时酒量如何？"

"我平时酒量不好，那天喝了两瓶，头有些晕。"

"失去意识了吗？"

"没有。"

"那我是不是可以理解为，你知道自己在干什么？"

"……"

"请问被告张肃军，你知道自己在干什么吗？"

"……"

"你在这之前经济状况如何？"

"公司拖欠两个月工资没发，老婆催促给孩子做唇部整形手术，家中还有一些欠款。"

"那买蛋糕和花的钱从哪里来的？"

"那天上午我老婆说想给孩子断奶，给了我两百块钱，让我去买奶粉和奶瓶。但是我心情不好，没有去。蛋糕到了我们点了蜡烛，我看她的嘴长得很好看，就用手摸了她的嘴唇。"

"被害人有没有明确对你的行为表示抗拒？"

"她把我的手打掉了，但还是吹了蜡烛，我觉得她并没有完全拒绝我。"

"然后你就开始殴打被害人？"

"一开始没殴打她。后来她咬了我的胳膊，很疼，我很生气，就打了她。"

"在实施性侵犯时，被害人有没有表示拒绝？"

"有。"

"但是你还是完成了侵犯？"

"是。"

"你是否对殴打并强奸被害人姜佳的事实供认不讳？"

"是。"

"你已知被害人刚满十四岁，还强行与其发生关系，是否有异议？"

张肃军低下了头，一言不发。

"是否有异议？"

"无异议，但是我觉得她是默许这一切发生的。"

听众席上，张肃军妻子没忍住，一声抽噎。

审判长说："下面由公诉人举证。"

公诉人开始宣读书证。

"一共两组书证，第一组由B城市人民医院和B城市公安局法医鉴定组出具书证，综合出示鉴定意见：被害人姜佳被鉴定为轻伤，头皮外伤性缺损面积达10平方厘米，肢体软组织挫伤占体表总面积10%，耳郭损伤至明显变形，右侧耳郭破损12毫米，造成右耳听力减退达30分贝，处女膜破裂并伴有会阴部撕裂，创口长达2.4厘米，血尿持续时间超过一周。

"下面是第二组书证，由B城市公安局出具：2019年8月11日，因被害人监护人报案，B城公安局对犯罪嫌疑人张肃军实施抓捕，抓捕地点为张肃军所在公司二楼会议室，张肃军全程无反抗动作，配合公安人员抓捕，修正日期11日拘留后正式逮捕。

"被告在公安局口供如下：8月9日下午五点，我收到《超级大脑》节目组编导的短信，通知我带姜佳去面试。我之前与他打过招呼，说是亲戚家的小孩，能不能特殊照顾一下。编导有些为难，但还是看在多年朋友的分上答应了，让我带小孩直接来后台进场，只要成绩能到80分以上，就可以参加节目的正式录制。那天我和老婆因为小女儿手术费的事情争吵，她一气之下带着孩子回了娘家。我心情很差，但已经答应了姜佳，还是勉强去她学校接她上《超级大脑》节目组。我看着姜佳从学校里面出来，想到自己的女儿可能因为外表的缺陷，无法像正常孩子一样在学校里读书，心中感到悲凉。我问姜佳她妈去哪里了，来不来看她比赛，她说她妈今天出差，来不了。当时我心里就想，上什么破班挣那一点儿钱，还出差忙得来不了。我觉得她妈不尊重我，但是同时不想她妈来看比赛，她妈很聒噪，看个比赛肯定又不住嘴地说。微信上，我交代她爸把明天的活儿一起赶出来，心里想着，你们两口子不来就都别来了。比赛结束后，姜佳情绪低落，因为发挥失常，导致成绩很不理想。我也没有多责备她。

　　"出了电视台已经十一点了，外面下着雨，我家就在电视台对面的小区，想拿把伞送她回去，她跟着上来了，手里拎的袋子破了，里面的东西掉了一地。这时她跟我说，今天是她十四岁生日，家里没有人记得，也没有人给她过生日。我脑子一热，拍着胸脯说，那我给你过，我就在网上订了一个小蛋糕，还凑了几十块钱买了束花。花和蛋糕到了，她很高兴。她对着蜡烛许愿，我看着她完整的嘴心里反而来气，觉得不公平，为什么我女儿的嘴要豁出来那么大一个口子而姜刚（姜佳的父亲）什么都不如我，我让他加班，他绝不敢回嘴，他女儿长得倒挺好。我伸手摸了摸她的嘴唇，她把我的手打掉了。不打掉还好，打掉了我更生气了，姜刚平时对我唯唯诺诺，他的女儿凭什么这么厉害。我都帮她进三试了，还给她花了钱，我让她干啥她就得干啥，她进不去是自己没本事，怎么脾气还那么大！我更想收拾收拾她，就拽住了她。她反抗，还咬了我的胳膊，我疼得厉害，就失去了理智，拎着她的头往桌子上磕，然后她哭了两声就不动了。事后我威胁她不要跟任何人讲，否则就把她爸开除，她不吱声了。

"《超级大脑》栏目组编导证言如下：张肃军是我大学同学，他家庭条件不好，成绩好，申请助学金上的大学。我那时候就知道他拿着助学金乱花，没钱了再想别的办法。他毕业以后去了好几家公司都不是很满意，因为性格孤僻，无法与同事建立良好的人际关系。大学的时候我跟他睡上下铺，他什么话都愿意跟我讲。结婚后他生了一儿一女，女儿生下来就有病，好像是兔唇，但是比兔唇严重，喝奶都有危险。他们夫妻收入都不高，张肃军好一些，但是因为张肃军老婆在家照顾孩子不上班，经济压力很大，这些年来除了一个40平方米的房子，什么也没存下来。他最初联系我，说想带亲戚的小孩免试进三试，我有些为难，毕竟我的权限也不是很大。但是考虑到他的状况，也想让他有个事儿开心开心，就替他走了后门，直接进了三试。当时见到被害人时是晚上，我心里疑惑好像从来没有听他提起过有这么个亲戚，面生得很，可当时很忙，也没有细想。看资料女孩当天生日，我还跟她开了个玩笑，说要是能通过的话，今天就算是全节目组给她过生日了。被害人最终成绩不佳，没能达到80分，我们还是要保证节目的质量，成绩太低影响节目播出效果，就没让她再往前进行了。两人走的时候，是我拿着门禁卡送的，我记得很清楚，当时已经是晚上十一点了，外面下着雨，我把我的伞给张肃军，张肃军拒绝了，说他家就在马路对面，回一趟家拿伞很方便，让我赶紧回去工作吧，不用送他了。"

"外卖员证言如下：8月9号晚上下雨了，很多同事都不再接单，因为接了单送过去，受天气影响东西肯定会淋湿，卖相不好看，时间也会有延迟，被顾客投诉的话得不偿失。我本来也不想接，但是刚好车就停在蛋糕房门口，心想接了最后一单就下班回家了。送单地址是富康庄园小区，我赶过去的时候已经迟了十分钟，就很不好意思地站在门口跟顾客道歉。顾客一开门一股酒气，我以为他是给老婆或者女朋友过生日，从门缝往里看，看见客厅坐着一个穿校服的小女孩，我没多想，只怕顾客仗着酒劲儿给我差评。后来知道发生这件事，我有些自责，当时应该多问几句的。以后我再送餐的时候如果发现什么不对头的地方，一定第一时间报警。"

"被告辩护人，你有什么话要说吗？"审判长问。

"被害人的诉讼代理人，请问被害人为何要跟着被告上楼拿伞，站在楼下等着不好吗？"

冬季寒冷，

法院周边的柏树丝毫没受气温影响，

一如既往的郁郁葱葱，

被修剪成尖锥状，

高大地耸立在地面上。

我仰着头望着它们，

此刻阳光从云层后细碎地洒下，

透过柏树的树梢晃着我的眼睛。

从前，

我不觉得松柏之类的树美，

它们太直、

太高，

也不曾见过开花，

可现在我无比感激它们的"一如既往"。

"被告张肃军是被害人父亲的单位直属领导，两家一直保持着良好关系，实际上，这种关系是不对等的，碍于张肃军领导的身份，被害人没有提出反对意见也在情理之中。而且，被害人参加节目的权限是被告给的，她出于畏惧跟上楼可以理解。"黄律师说。

"比赛之前，被害人有机会通知其监护人前来观赛，但是却没有，拒绝了第三方的介入，这是为什么呢？"

"被害人的母亲当天在外地出差，次日中午才到家，即便通知了也不可能赶回来。其次，在最初被告被逮捕时录的口供中，交代了他让被害人父亲把活儿都赶出来的事，恰恰代表被告这一切都是有预谋的，而不是临时起意，性质更加恶劣。"

"即便被害人父亲加班，被害人依旧可以通知父亲她正在比赛，为何没有通知呢？按你所说，如果被告是有预谋的，那么被害人模糊的态度是不是也有问题呢？"

"当天是被害人的生日，家中却无人记得，被害人确实有赌气的成分，我觉得这在情理之中。谁都是从这个年龄过来的，想来大家能够理解。"

"在被告家中，被告并未对被害人采取强制措施，被害人有多次逃走的机会，为何一直逗留，还与被告吃吃喝喝？"

"就算被害人有一千次逃走的机会，她没逃，也不代表她有留下跟被告过夜的意愿；就算她真的留下来过夜，只要明确表示不想与被告产生任何纠葛，被告都无权对她的人身安全进行威胁。任何不经被害人允许的触碰，无论在什么情况下，都是不合理的。"

"在一审过程中，被害人的诉讼代理人及监护人对被害人案发时的真实年龄撒谎怎么解释？是不是属于所出具书证与事实不符，故意混淆视听，企图钻法律的空子？"

问到最致命的地方了，全场人盯着黄律师，黄律师极力克制着情绪，把卷宗放到一边，说："是的。"

被告辩护人说："既然被害人承认了，那么在一审判决中对于被告张肃军的量刑是否过重，还请审判长裁夺。"

黄律师说："审判长，被告张肃军故意等到十二点以后才实施犯罪，属于主观恶意。我方所出具书证与事实不符，是我方失误。但是被害人姜佳从案发之后精神状态不稳定，一直服用抗抑郁和抗焦虑的药物，她的陈述没有参考意义。被害人姜佳从一周前已经停止服用药物，这是医院开具的相关证明，可证实被害人姜佳目前精神状况良好，具备作证能力，她此刻有话要说。"

审判长开始询问我的资料，我一一答毕后，等待审判长的询问。

"被害人，请问你的诉讼代理人所提供的书证是否属实？"

"属实。"

"为增加被告的量刑，你是否故意模糊事实，编造自己不满十四岁的证言？"

我停顿了几秒钟，紧张得微微出了汗："是的。"

"一审法庭上，你在审判过后主动坦白的意图是什么？"

我不知该如何回答，因为当时看上去像是我吃多了药发神经。此时的我是清醒的，我搜寻着大脑里匮乏的词汇："我……我不想撒谎。我恨张肃军，但是如果我故意隐瞒，我也是不对的。我不想跟他一样。"

"你心里是否清楚这样做的后果，二审判决有可能改判，被告张肃军将被提前释放？"

"清楚。"

"你的诉讼代理人提交了你已经停药的书证，你对此是否有异议？"

"无异议，是我主动要求停药的，我也想知道，究竟是不是药物的作用。"

"是否有人胁迫你，让你在法庭上这么说的？"

我指着嫌疑人张某的妻子说："她曾经来学校找过我，想让我谅解张肃军，但那是不可能的。我说出真相，不意味着我要谅解张肃军，尽管行为上看着相似，可是不是。我一辈子都不会原谅张肃军。我从小就知道，撒谎是不对的。如果在这个事情上我撒了谎，以后都没法面对自己。我不能违背自己的心，我不是个坏人，不想跟他一样。"

"那么现在你对一审法庭上的陈述有异议吗？"

"无异议。我对我现在所说的每一句话负责。案发时我已满十四周岁，并不是之前所说的未满十四周岁。我所做的这一切不是为了谁，而是为了我自己。"

吐字清晰，音量不大，却铿锵有力。

审判席上传来一声叹息，不知由谁发出。

休庭三十分钟。

我与爸妈、黄律师在门口站着，等着三十分钟后当庭宣判。我们已经在法庭上说了太多，无力再表达什么。黄律师一支接一支地抽烟，站在垃圾桶旁边，仰着头向上看，看烟雾如何盘旋到天花板上再不能往上。走廊安静极了，我远远看到张肃军的妻子抱着孩子发呆。

在课堂上，三十分钟过得非常慢，我时常觉得已经过了一刻钟了，谁料才过两分钟，觉得慢，是因为在等待下课，等待一个结果。然而在法庭休庭期间，同样是等结果，我却觉得时间过得飞快。走廊里的老式时钟嘀嗒嘀嗒地走针，每一下都敲打着我的神经，导致我浑身过电似的冷战。可能我们都不想听到结果。

当庭宣判。

"被告人张肃军，男，汉族，1979年1月12日出生于B城，于2019年8月9日，以帮被害人进入某节目选拔赛为诱饵，骗取被害人信任。8月9日晚十一点选拔赛结束后，被告以回家拿伞为由，在位于人民路富康庄园小区3栋1308室内殴打被害人，并强行与被害人发生性关系，情节恶劣令人发指……现驳回被告上诉人重新量刑的诉讼请求，维持一审原判，判处被告张肃军有期徒刑八年，立即执行……"

没有改判！维持原判！

我们愣在座位上，没想到会赢。审判席上，审判人员依旧面色威严，似乎没有任何情绪上的波动。

我望望黄律师，黄律师紧紧攥着卷宗的一角，激动得双手颤抖。

张肃军低着头，似乎没听见裁决一样，由法警给他重新戴上手铐和脚镣，等着离席。

"不对。"张肃军的妻子在听众席上大喊，她左右看着想找援助，然而没有，座位全是空的。

"怎么就维持原判了？她已经满十四周岁了，满十四周岁了啊，而且还主动贴着去了我们家，你们不睁开眼看看呢？你们……"张肃军的妻子企图绕过隔离带，但很快被法警控制住了。

我们相顾无言，没有人欢呼，没有人庆祝，有的只是无尽的疲惫，不想再就此事多说一句话。

走出法院，依旧是黄律师帮我们叫了辆车。

冬季寒冷，法院周边的柏树丝毫没受气温影响，一如既往的郁郁葱葱，被修剪成尖锥状，高大地耸立在地面上。我仰头望着它们，此刻阳光从云层后细碎地洒下，透过柏树的树梢晃着我的眼睛。从前，我不觉得松柏之类的树美，它们太直、太高，也不曾见过开花，可现在我无比感激它们的"一如既往"。它们太美了，不是吗？

不管怎样，此事已经终结，那条挥之不去，或者说，被我妈强行剥离的"明暗交界线"已经缓缓从我的面前移走（但实际还存在于我的身边）。未来可好？我不知道，但最黑暗的那部分，似乎已于我在法庭上说真话的时候，瞬间消散了。

"我的一个同僚刚刚告诉我，正是考虑到姜佳说实话的行为，审判人员经过商议后，才一致决定维持原判的。"黄律师说，"苍天有眼。"

临上车前，黄律师把他胸前的钢笔拿下来，送给了我。

"姜佳，你在我的职业生涯中画了一个惊叹号。谢谢你。"他说，"这支钢笔，是我的博士生导师送我的，他说以后碰见比他更称职的老师，可以转送。东西不值钱，但我用了很多年，你拿着。"

黄律师把缠着绷带的钢笔给了我，钢笔突然漏墨了，我的手指上全是黑墨水，他笑笑说："你修修再用。"

我打开车窗户，向黄律师挥手告别，他身后是人民法院宏伟的大楼，身穿西装的他被印刻在大楼门口，像是一枚勋章。

尾声

一〇

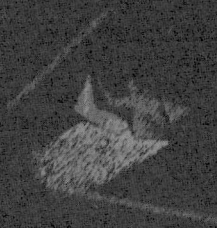

『你愿意跟我一起从初赛开始吗？』

暑假漫长，我坐在沙发上吃西瓜，用的是我最爱的吃法，整个西瓜一切为二，用小勺挖着吃。电视播放着《超级大脑》的节目，已经到了一对一决赛了，红方是某高中的学霸，戴着一副玳瑁眼镜，蓝方是小文，他剃了平头，穿着一中的校服。

学霸碾压小文，小文虽表情沉稳，但我知道他内心已经慌得哭天喊地了。他一直都是这样，简直就是影帝，无论内心多少波澜，表面一定看不出来。学霸已经抢先了他四题，再有一题不能答对的话，小文脚底下的地面会撤掉，他会直接从舞台上掉到底下。

最后一题了。

主持人问："汉字中只有一笔的字一共几个？"

我在电视这头发出了惊叫，这道题我和小文一起复习过，一共三个。

"三个！三个！三个！"我趴到电视屏幕上，对着小文大喊。

小文一脸沉思的样子，我恨不得从电视里爬进去，到直播现场告诉他这个蠢货一共有三个。

"时间到。"主持人宣布时限到了，"很遗憾，我们的小文同学没能抓住最后一次机会。"

在眼镜学霸欢呼的同时，小文从答题台上掉了下去，镜头给到他摔在一个充气垫子上，一脸痛苦地爬了起来。

电视画面一分为二，左边是流着泪唱歌的学霸，接受着亲友团们的拥抱和亲吻；右边是摔得头发蓬乱、目光涣散的小文，他校牌都摔掉了，撅着屁股去捡，狼狈不堪。

捡完校牌站起来，记者拿着话筒采访小文，问他与冠军失之交臂是什么感觉。

小文茫然地望着记者："现在是采访吗？是直播吗？"

记者回答是。

小文面对镜头，眼神沉稳，说："我知道这道题的答案，只有一笔的汉字一共三个，我不仅知道有三个字，还知道这三个字是什么，它们是一、乙和〇。①"

"零不止一笔啊。"

"不是那个零，是一个圈的'〇'。"

"有这个字吗？"

"你不知道不代表没有。"

"我觉得这不是个字。"

"不信你去查字典啊。"

---

① 笔者注：一乙〇谐音"110"。

"那你刚刚在台上怎么不说？"

"我不想说。"

"为什么不想说？"

"因为我想把答案留给我最好的朋友，尽管她现在不理我了。"

"姜佳、大脑佳，你愿意跟我一起从初赛开始吗？"

这个世界上，不止一个"姜佳"

心理咨询师　徐君枫

如果说起性侵害，你会想到什么？

是想到施暴殴打被害者然后侵犯，还是想到太晚回家、穿着暴露的女性通常是受害者？

根据多个国家的数据统计，我们发现，性侵害的行为人与被行为人，双方彼此认识的比例远高过双方是陌生人。而且多数的性侵害被行为人，都不属于穿着暴露的类型，甚至有的在日常生活中表现非常中规中矩。统计发现，儿童和青少年被熟人（亲戚、师长、父母亲的朋友、同事）侵害的比例更是远高于陌生人。

《十四岁很美》讲述的就是一个这样的故事。少女姜佳被父亲的上司伤害后身心出现一系列负面反应。她不想被怜悯、被贴标签，她想好起来；她很努力，也很挣扎。我在读这个故事的时候，一边欣赏作者流畅的文字，感受主角的各种心情和经验；一边脑中回想起好多好多我曾经在心理咨询中服务过的来访者。我最受感动的是故事中，对女主角说出"一个人战斗很难""我曾经跟你一样"的荣老师。我知道，这个情节说对了一件事：这样的当事人，需要的不是"症状的标签化"，她们需要的是被理解和被接纳，并且陪她们探索与重新整合自我的身心，以一种较为人性、人本的方式。

曾经跟我咨询过的来访者中，有的和故事中的女主角一样，在遭受侵犯后，出现很多创伤反应，吃好多精神药物，深受噩梦之苦；有的变得很不珍惜自己的身体，穿着张扬、过于裸露，看似对此毫不在意，每天浑浑噩噩；有的非常敏感和脆弱，如同惊弓之鸟（我曾经有个来访者，遇到性侵害后连电梯都不敢搭，只能爬楼梯，多高都爬）。但在咨询的过程中，随着一次次深入的谈话，这些来访者都告诉我，在遭受侵害后，那种觉得自己不值、厌恶自己、放弃自己、想要麻痹自己的感受，在夜深人静时，会强烈地侵蚀她们的心。她们不只需要在人前坚强地勉励自己如常生活，更需要在人后千难万难地缝补自己那破碎的身心。更别提，还得独自承受家人对此事的反应，有的激烈、有的冷漠，有的还责难怪罪，认为是她们的错。

有时候我会想，这些经验，这些状态，这些挣扎和痛苦，这些苦苦想要修复伤害、并且与创伤反应对抗的每一位幸存者，她们的生命经验，她们的苦难，她们的努力，有谁看得到？有谁正视这些伤害，为他们提供更多保护，并对他们的创伤反应有正确的理解和接纳，而不是只有同情（好可怜，不再贞洁），或者责难（谁叫她太晚回家，穿太少）。

我想，《十四岁很美》这样的故事是有其重要存在价值的。它不应该是小众的、虚构的，它是真实的，也应该是一个需要被清楚看见的经验，不管读者是青少年，还是家长、老师，或心理咨询师、律师……社会上的每一个人，都应该正视和了解，这样的事件和伤害正在不停地发生。

很高兴有这样的一本书面市。我们有很多个"姜佳"在过去、现在受这样的苦，希望每个人的看见和正视，能让"姜佳"在未来少一些，再少一些。

2020年于炎热的台湾南部

图书在版编目（CIP）数据

十四岁很美/王璐琪著.—杭州：浙江少年儿童
出版社，2021.1
ISBN 978-7-5597-2179-2

Ⅰ.①十…　Ⅱ.①王…　Ⅲ.①中篇小说－中国－当代
Ⅳ.①I247.5

中国版本图书馆 CIP 数据核字(2020)第 188873 号

十四岁很美

SHISISUI HEN MEI

王璐琪/著

责任编辑：王　漪　王　苗
插图绘制：张　璇
装帧设计：刘　欣
责任校对：潘祎丹
责任印制：孙　诚
浙江少年儿童出版社出版发行
（杭州市天目山路 40 号）
杭州日报报业集团盛元印务有限公司印刷
全国各地新华书店经销
开本 880mm×1230mm　1/32
印张 4.75　插页 10
字数 82000
印数 1－10000
2021 年 1 月第 1 版
2021 年 1 月第 1 次印刷
ISBN 978-7-5597-2179-2
定价：30.00 元
（如有印装质量问题，影响阅读，请与承印厂联系调换）
承印厂联系电话：0571-86909347